Elias Khoury
Königreich der Fremdlinge

ELIAS KHOURY

KÖNIGREICH DER FREMDLINGE

Roman

Aus dem Arabischen von Leila Chammaa

DAS ARABISCHE BUCH

Die Deutsche Bibliothek - CIP-Einheitsaufnahme
Khoury, Elias: Königreich der Fremdlinge: Roman / Elias Khoury.
Aus dem Arab. von Leila Chammaa,- Berlin: Das Arab. Buch, 1998
Einheitssacht.: Mamlakatu l-Ghuraba´ <dt.>
ISBN3-86093-177-6

1. Auflage 1998
© Elias Khoury 1993
Alle Rechte der deutschen Ausgabe:
© 1998 Verlag Das Arabische Buch, Berlin
Titelbild: Etel Adnan
Alle Rechte vorbehalten
Printed in Lebanon

*Die Übersetzung aus dem Arabischen wurde mit Mitteln des
Auswärtigen Amtes unterstützt durch die Gesellschaft zur Förderung
der Literatur aus Afrika, Asien und Lateinamerika.*

Ich rieche Erinnerungen, sagte ich.

Maria lächelte. Sie lächelte immer, wenn sie nichts zu erwidern wußte. Verlegen stotterte sie, sie könne ihre Gedanken nicht in Worte fassen.

So war sie. Eine Frau mit kurzem Haar, großen Augen und leicht gebeugtem Rücken. Sie summte eine seltsame Melodie, verriet mir aber nie, woher sie die Weise kannte. Wortlos lief sie am Toten Meer neben mir her.

Der Himmel über dem Horizont war bleiern.

Blei verleiht dem Ufer des Toten Meeres seine Farbe, ich halte inne. Das Jordantal sinkt mit mir in einen schlammigen Abgrund. Feuchtigkeit, Blei und der Geruch von Erinnerungen.

Der Unterschied liege in der Geschichte, sagte sie. Liebe sei Liebesgeschichte.

Auf meine Reise ins Jordantal begleitete sie mich nicht. Und doch, da war sie, ihr Duft, als ich die Erinnerungen roch; sie kannte den Unterschied zwischen Liebe und Liebesgeschichte nicht.

Sie gestand, sie liebe mich.

In jener Nacht begegnete ich ihr, sie stotterte nicht und war nicht verlegen. Sie küßte mich und sagte, sie liebe mich, ohne nach dem Unterschied zwischen Liebe und Liebesgeschichte zu fragen.

Der Anfang aller Dinge scheint in der Leere zu hängen.

Ich begegnete ihr, nachts, in Beirut. Wir trafen uns auf einem Balkon, der über dem Meer hing. Ich war gerade aus dem Jordantal zurückgekehrt, noch durchtränkt vom Geruch der Mühe, der Kopf bedeckt vom Staub aus Palästina. Sie war dort. Leute, die ich nicht kannte, waren gekommen; wir feierten bis drei Uhr früh. Sie tanzten, ich aber fühlte mich einsam und dem Tod nahe. Ich käme gerade vom Tod, sagte ich zu ihr. Sie dachte, ich wolle mit ihr flirten, und lachte.

"Tod - du lieber Gott!" rief sie.

Ich lachte, und wir tanzten. Sie tanzte vor mir, ihr Körper hing an tausend unsichtbaren Fäden. Sie wiegte sich hin und her. Ich erinnere mich kaum. Ich erinnere mich nie. Sie erzählte mir, ich hätte sie ans Meer geführt, wir seien in ein Boot gestiegen und weit hinaus gesegelt. Dort sprach sie von Dingen, die mir wie Schatten schienen. Als wären auch wir nur Schatten der Worte. Was sie mir erzählte, sei durchaus möglich, sagte ich. "Ich erinnere mich, weil du davon erzählst". Sie lachte. Ihr Lachen vergesse ich nicht, wie könnte ich? Sie tanzte, ich tanzte, dann schlief sie ein. Nein, sie schlief nicht. Sie war auf den Balkon gegangen und hatte sich in die Schaukel gelegt, die an Seilen hing. Ich ging ihr nach. Ihre Augen waren geschlossen, und dennoch sah sie mich. Sie sah mich, ohne die Augen zu öffnen. Sie sah mich kommen, rückte ein wenig zur Seite, damit ich mich zu ihr legen konnte. Ich stieß die Schaukel an und ließ sie hin und her schwingen. Septemberluft. Es regnete im September. Jedes Jahr regnet es im September. Winteranfang benetzt Beirut im September. Der Regen haftet an der Stadt wie im Kleid einer Frau. Immer wieder erinnert der September an eine rennende Frau mit regennassem Kleid. Das Gesicht der Frau sehe ich nicht. Ich sehe sie von hinten in ihrem langen, rot bestickten Kleid, sie rennt, und der Regen tropft ihr vom Kleid.

Maria schlief, ich umfaßte das Seil der Schaukel, und die vom Duft des Wassers durchtränkte Luft umhüllte ihr Gesicht. Ihr Gesicht war von Wasser, von Feuchtigkeit verhüllt. Ich legte mich zu ihr. Sie sprach kein Wort. Ich schloß die Augen wie sie und sah sie, wie auch sie mich sah, und die Schaukel wiegte uns wie ein Schiff inmitten eines ruhigen Meeres.

Sie hätte die Augen geöffnet, und alle seien fort, sagte sie.

Sie weckte mich und stellte mir die Frage, die sie mir noch unzählige Male stellte. Sie öffnete die Augen, sagte etwas wie "Hallo" und fragte mich, wer ich sei. Meinen Namen kannte sie nicht, ich hatte ihn ihr nicht genannt. Nun kannte sie ihn, doch mit Namen sprach sie mich nie an. Sie öffnete die Augen, fragte mich, wer ich sei. Lachend drückte ich sie an die Brust und ließ sie tief eintauchen.

An jene Nacht erinnere ich mich, weil sie mir davon erzählte. Oder erzählte ich ihr davon? Ich weiß es nicht, ich weiß auch nicht, warum Liebende sich gegenseitig immer wieder die eigene Geschichte erzählen. Mit Maria begriff ich, daß Geschichten erzählt werden, weil sie bekannt sind, daß Menschen durch das Erzählen der eigenen Geschichten Vergangenheit in Gegenwart umwandeln, daß nur durch das Erzählen der Geschichten Vergangenheit gegenwärtig wird.

Wer ich sei, wollte sie wissen, und erhob sich von der Schaukel. Ich folgte ihr. Wir traten ins Wohnzimmer, eine Matratze lag auf dem Boden. Sie rief mich zu sich. Ich legte mich zu ihr, schlief mit ihr. Ich erinnere mich nicht mehr, wie sie sich auszog, erinnere mich nur, daß sie nackt neben mir lag. Ich erinnere mich an jenes Weiß, das der Gischt ähnelt, erinnere mich an das Boot.

Viele Jahre später wollte sie wissen, ob es für mich nur Sex war in der Nacht der Schaukel und der Matratze.

Ich lachte. Es war weder Sex noch Liebe. Ich liebte sie nicht, wie man eine Frau liebt. Ich hatte geglaubt, man liebe Frauen von außen nach innen, man dringe beim Sex in sie ein. Doch mit ihr war es anders. Wir lagen zusammen. Ich drang in sie ein und drang dennoch nicht ein, als wäre ich nie eingedrungen. Ich schlief neben ihr, mit ihr und in ihr. Der Liebesakt war wie fließendes Wasser, wie eine Erweiterung meines und ihres Körpers, als gäbe es weder ein Hinein noch Heraus, er glich einem Traum. Einem Traum, an den wir uns nicht erinnern, der aber ein Nachbild auf unserem Auge hinterlassen hat. So war ich. Wie in einem schaukelnden Boot, wie auf dem Meer, wie eine Möwe. Sie fliegt über das Wasser und wird nicht überspült. Als sei ich das Wasser. Wasser überspült sich selbst nicht. Wasser wird überspült und überspült. Ich wurde überspült und überspülte sie. Ich verstand nicht, erinnere mich aber an unser Lachen. Fünf Stunden lachten wir, als entdeckten wir das Lachen. Als entdeckten wir den Klang, der aus Kehle, Lippen und Augen hallt.

An jenem Tag sagte sie, sie liebe mich, und lachte.

Wir lachten, nicht aus Mißtrauen, sondern weil wir einander vertrauten. Mißtrauen oder Vertrauen zu zeigen, beides führt zum Lachen. "Fünf Stunden hast du über mir geschwebt, mir war, als empfinge und verabschiedete ich dich, während du lachtest."

So sprach sie.

So erzählte sie immer die Geschichte.

"Und eines Tages, wenn die Geschichte zu Ende ist, werden wir uns an den Strand setzen, uns betrinken, lachen und auseinandergehen. Ich will kein trauriges Ende."

Vom Ende der Liebe sprach sie, bevor diese überhaupt begonnen hatte. Von der Liebe sprach sie wie von einer Geschichte, die sie von Anfang bis Ende kennt.

"Geschichten haben kein Ende", erklärte ich.

"Was hat denn ein Ende?"

"Der Erzähler hat ein Ende."

"Und du bist der Erzähler."

"Nein, ich bin die Geschichte."

"So bist du", lachte sie.

"So bin ich", stimmte ich zu. Ich erzählte ihr vom Toten Meer, dem Meer des Salzes und des Wassers, dem Meer der Grenze zwischen Himmel und Erde.

Ich erzählte ihr all die Geschichten und bat sie, mit mir zu kommen. Sie hätte ihren Platz nicht gefunden,

sagte sie. Das Boot sei abgefahren, und sie müsse fort-
gehen und sich irgendwohin treiben lassen.

Wie die Liebe ende, wollte sie wissen und ging.

Heute sehe ich sie. Ich sehe vor mir eine Frau mit
regennassem Kleid. Ich sehe, wie sie durch die Stras-
sen Beiruts eilt, in denen sich die Pfützen des Sep-
temberregens sammeln. Ich sehe sie, sage ihr, daß ich
sie sehe, dann lasse ich sie gehen - wohin, weiß ich
nicht.

"Ich mag keine Balkone", sagte sie.

Ihr würde am Meer schwindelig, sagte sie.

Und sie liebe mich, sagte sie.

Und sie sei die Geschichte, sagte sie.

Sie heißt Maria, ich vergaß zu sagen, daß sie Maria
heißt, so weiß ist wie Widad, und daß ihr Körper die
Farbe der Lust annimmt, sobald die Lust sie über-
kommt. Wo sie jetzt ist, weiß ich nicht.

Ich nahm sie mit zum Toten Meer. Ich erinnere
mich, daß ich sie mitnahm. Wir schlenderten vor dem
bleiernen Horizont. Beim Anblick der Lichter Jerusalems, die sich hinter Jericho hervorstahlen, weinte
sie. Sie lief durch das salzige Wasser und sagte, sie
ginge auf dem Wasser. Sie trank eine Flasche Weiß-
wein und erzählte mir endlose Geschichten von Männern und Frauen, die sie gekannt und geliebt hatte.

Alle Geschichten, mir bekannte und unbekannte,
vereinigten sich dort am leidvollen Ufer des grauen
Salzmeeres. Ein mit anderen Meeren nicht vergleich-
bares graues Meer, hinter uns Städte, die ins Jordantal
abrutschen, als stürzten sie ins Erdinnere, an einen
unerreichbaren Ort. Die Städte verwandeln sich in

Geschichten, die immerfort rotieren, als hätten sie kein Ende.

Und immerfort rotiert die Geschichte.

Diesmal kehrte ich zurück, und statt Staub bedeckten mich Erinnerungen, die Lebenslust hatte einen bitteren, trockenen Beigeschmack. Ich erzählte ihr die Geschichte des verstorbenen Mönchs. Ich versuchte, mit ihr das Spiel zu spielen, bei dem man sich bekannte Geschichten erzählt.

"Ich war nicht dabei", sagte sie.

"Liebe ist Liebesgeschichte", sagte ich es?

"Wann ist die Liebe zu Ende?"

"Wenn die Geschichte zu Ende ist."

"Wann ist die Geschichte zu Ende?"

"Wenn der Erzähler stirbt."

"Wann stirbt der Erzähler?"

"Hier muß die Frage anders lauten, du mußt danach fragen, wer den Erzähler tötet."

"Und wer tötet den Erzähler?" fragte sie.

"Das weiß ich nicht."

Was schreibe ich?

Zwei, nein, drei Geschichten. Ihre Anzahl kenne ich nicht, ich weiß auch nicht, warum sie sich beim Erzählen verbinden. Beim Schreiben, sagen wir, was wir wollen, nein, wir sagen, was erzählt wird, nein, wir wollen, was wir schreiben, und nicht umgekehrt.

Aber weshalb?

Weshalb erscheint auf Christi Gesicht das Bild der weißen Widad mit dem Jordan und den Marien, die den totgeweihten Mann trösten? Verschmelzen die vergegenwärtigten Erinnerungen zu einer einzigen Geschichte? Liegen die Ursprünge von dieser in allen Geschichten?

Es sind aber nicht meine Erinnerungen.

Darf ich es wagen, o Herr, deine Geschichte meine Erinnerungen zu nennen? Darf ich es wagen, o Herr, eine Antwort von dir zu erwarten?

Meine Erinnerungen sind es nicht, sagte ich zu Samia vor der zerstörten Moschee in Shatila, die in einen Friedhof umgewandelt wurde. Nicht einmal das Wort Liebe sprach ich aus. Sie hieß Samia, nicht Maria. Samia betrat das weite Feld der Geschichten, drang ein, indem sie sich als Maria ausgab. Wahr ist, daß ich ihr sagte, wir würden die Welt verändern. Ohne mir bewußt zu sein, was ich sagte, sprach ich von der Veränderung der Welt. Ich sagte, wir verändern die Welt, weil wir davon reden.

Am Ufer des bleiernen Meeres fragte sie mich nach der Welt.

"Verändern wir die Welt?" fragte sie, diesmal ohne zu stottern und ohne die Hälfte der Worte zu verschlucken. Aber ich stotterte, denn ich hatte die Welt nicht verändert, nur die einfachsten, selbstverständlichsten und offensichtlichsten Dinge entdeckt. Entdeckt, daß ich sterben werde, weil Menschen eben sterben. Als ich die Welt erkannte, veränderte sich der Tod, oder umgekehrt, als ich den Tod erkannte, veränderte sich die Welt. Nicht ich veränderte sie, ich erkannte sie, und als ich erkannte, veränderte sich alles, ich, die Welt, ihr und Maria.

14

Vielleicht verschmelzen die Erzählungen nur, um sich zu dieser einen Geschichte zu verwandeln. Denn die Geschichte, und dies wußte Maria nicht, beginnt, wenn sie aufhört, eine Erzählung zu sein, und mit anderen Erzählungen verschmilzt. Erst dann wird Liebe unsterblich, sollte der Held auch sterben.

Als Widad, die weiße Tscherkessin, sich nach langer Irrfahrt und Demütigung in Beirut niederließ, ahnte sie nicht, daß sie im Feld des Todes hier enden würde, daß sie sich zum Boden dieser Geschichte verwandeln würde, damit Geschichten erzählt werden über diese sonderbare Welt, die wir nicht verändern.

Warum erzähle ich?

Vielleicht, um Maria meine Liebe zum tausendsten Mal zu bekennen? Heute ist dieses Bekenntnis bedeutungslos, denn sie ist nicht hier, und sie wird nicht lesen, was ich schreibe. Und würde sie es lesen, würde sie meine Liebe nicht erkennen. Oder schreiben wir etwa, weil wir keine Helden sind?

Helden sterben. Wir aber erzählen ihre Geschichten.

Um genau zu sein, ich spreche von einer Frau namens Maria. Sie führte mich zur Grünen Linie in Beirut, wo ich mir die eigenhändig von uns angerichtete Verwüstung ansah. Wir gingen ins „Lukullus", ein zerbombtes Restaurant im obersten Stockwerk eines Hochhauses am Meer. Maria hatte einen Topf mit Bohnen und Reis von zu Hause mitgebracht. Wir stiegen die Treppenruine im zerstörten Haus zum Restaurant empor. Es gab keine Stühle, wir setzten uns auf den Boden, aßen und tranken Arak. Sie erzählte mir alles.

Samia - eine andere Geschichte. Als Samia an Ali Abu Tauqs Grab im Flüchtlingslager Shatila meine Hand ergriff, nannte ich sie Maria, und sie senkte den Kopf, als hieße sie wirklich Maria.

Hier ist ein wesentlicher Fehler.

Nur Helden senken den Kopf, wenn ihre Geschichte erzählt wird. Selbst Fauzi al-Qawuqgi senkte den Kopf, als er im Alter von siebzig Jahren seinen Erinnerungen lauschte.

Dem ehemaligen Kommandanten der Befreiungsarmee begegneten wir im Palästinensischen Forschungszentrum in Beirut. Im Büro von Anis Sayigh, dem Direktor des Zentrums, sprach er von den Heldentaten seiner Armee. Er stellte das rechte Bein auf einen Stuhl und krempelte das Hosenbein hoch, um uns die Schußnarben zu zeigen.

"Neun Kugeln!" verkündete er.

Fauzi al-Qawuqgi war groß und schlank. Seine deutsche Frau, weiß und füllig, versuchte, das Hosenbein wieder zurechtzuziehen, aber er ließ sich davon nicht beirren.

Helden lassen sich nicht beirren.

Al-Qawuqgis rechtes Bein war lang, weiß und unbehaart, es war von tiefen, dunklen Narben übersät. Seine deutsche Frau versuchte, das Hosenbein zurechtzuziehen, doch er ließ sich nicht beirren.

Helden werden redselig, wenn sie zu Helden geworden sind.

Wissen Helden, daß sie einmal Helden sein werden? Wußte Ali, als er im belagerten Flüchtlingslager Shatila durch den Granathagel lief, daß er einmal ein Held und sein Leben eine Geschichte sein würde?

Fauzi al-Qawuqgi glaubte die Geschichte.

Er stand mitten im Zimmer, wir um ihn herum, und er erzählte. Während er sprach, lauschten wir ihm, als hätten wir seine Memoiren nicht gelesen. Er erzählte vom Truppenaufmarsch im Jordantal, von den Reitertruppen, die sich dort zusammengefunden und den Fluß nach Palästina überquert hatten. Doch was er erzählte, entsprach nicht der Wahrheit. Die Reitertruppen, von denen er sprach, waren nicht 1948 im Jordantal aufmarschiert, sondern 1936. 1936 hatte er freiwillige Truppen angeführt und 1948 eine Armee. Als er so vor uns stand und erzählte, machte er keinen Unterschied zwischen den beiden Kriegen. Er erzählte von sich, als wäre er als Kommandant der Befreiungsarmee auf die Welt gekommen. Wir hörten und glaubten. Weshalb hätten wir ihm auch nicht glauben sollen? Was ist schon der Unterschied zwischen 1936 und 1948? Eines Tages werde ich mich erheben, oder Ali wird sich erheben. Ali erhebt sich nicht mehr, denn er ist tot - doch angenommen, Ali ist nicht tot. Sich zu erheben, stünde ihm eher zu als mir, denn er hatte fünf Kugeln im Bein. Als ich ihn kennenlernte, lag sein rechtes Bein in Gips, er hinkte und ging am Stock. Nachdem sein Bein verheilt war, hinkte er nicht mehr, dennoch behielt er den Stock. Wenn er sich an seine Verletzung erinnerte, hinkte er wieder. Er schien sich ans Hinken gewöhnt zu haben und nicht mehr so gehen zu wollen wie vor dem Tag, an dem ihm am Rand des Bargawi-Viertels in Beirut fünf Kugeln ins Bein geschossen worden waren.

Angenommen, Ali würde erzählen.

Angenommen, ich hielte mich mit einer Gruppe im Palästinensischen Forschungszentrum auf, das die Israelis nach ihrem Einmarsch 1982 durch eine Autobombe in einen Friedhof verwandelten. Hanna Shatila aus Fassuta in Galiläa kam ums Leben, Suad wurde verstümmelt, dreißig Angestellte wurden ins Krankenhaus eingeliefert und die Leichenteile blieben drei Tage lang auf der Kolombani Straße liegen, bevor Reinigungspersonal das Viertel mit Wasser und Desinfektionsmitteln säuberte.

Angenommen, alles wäre wieder wie früher, und der inzwischen ergraute Ali würde uns seine Memoiren erzählen.

Was würde er erzählen?

Würde sein Erinnerungsvermögen ausreichen, um zwischen der Schlacht 1970 in Jordanien und der Belagerung des Flüchtlingslagers Shatila in Beirut 1985 unterscheiden zu können? Würde er Dinge vergessen haben und von Samia sprechen, als sei sie seine Freundin in den Reihen der Fedajin im Jordantal gewesen, und von seinen Kindern als Studenten in Amman, obwohl sie in Tunis studierten.

Ich sehe ihn genauso vor mir, wie ich jetzt al-Qawuqgi sehe.

Al-Qawuqgi war groß und schlank, Ali dagegen klein und dürr mit einem dichten Bart und zusammengewachsenen Augenbrauen. Ich sehe ihn von seinen Heldentaten erzählen und die Daten vergessen.

"Warum glaubt ihr das?" fragte Maria.

"Ich weiß nicht", erwiderte ich. "Wir glauben, weil wir unsere Unterlegenheit spüren. Den Sieger interessiert die Wahrheit, er teilt die Zeit in Phasen ein und unterscheidet sie voneinander, weil er Vergangenheit und Zukunft beherrschen will. Doch wir?"

"Was, wir?" hakte sie nach.

"Wir haben noch keine Niederlage erlitten."

"Und wie nennst du das, was ist?"

"Eine Niederlage, aber ich kann es nicht glauben."

"Du willst es nicht wahrhaben, weil du besiegt worden bist. Du glaubst nur an deine Geschichte und ignorierst die Wahrheit."

Maria wußte es.

Sie hätte gewußt, sagte sie, daß der junge Mann sie anschauen und die Augen ihm vor Lust übergehen würden. Der Krieg, vergaß ich zu erzählen, war zu Ende und die libanesische Armee ins Geschäftsviertel eingezogen, als wir ins zerstörte Restaurant hinaufgingen. Auf dem Weg ins „Lukullus" sahen Maria und ich müde Soldaten inmitten der Trümmerhaufen sitzen. Junge Rekruten. Die Gruppe, die in der Nähe des Restaurantgebäudes ein Lagerfeuer anzündete, fragten wir, woher sie komme. Aus dem Norden, erwiderten die Männer. Wir luden sie zum Mittagessen ein, doch sie konnten sich nicht entscheiden. Von den fünf Soldaten begleiteten uns drei, und die anderen blieben unten. Ein Soldat, groß, dunkel, mit schmalem, schwarzen Oberlippenbart, schaute Maria an. Sie lächelte zurück. Er erzählte ihr Geschichten von seiner Familie. Ich hörte nicht zu, doch beeindruckte mich Marias Fähigkeit, zuzuhören und andere zum Reden zu bewegen. Dann verschwand sie mit dem großen dunklen Soldaten, um den beiden Wachsoldaten Essen zu bringen. Lange Zeit später kam sie zurück.

Zeit ist lang.

Als ich ins Meer sank, war mir die Zeit lang.

Ich wußte, daß ich niemals ein Held sein würde. Einmal versuchte ich, ein Held zu sein und versagte. Bei Ain Mraisse, wo wir fischten, stieg ich aus dem Boot. Ich stieg aus und ging auf dem Wasser. Ich hatte ihnen gesagt, ich würde auf dem Wasser gehen und ging. Sie sahen mich gehen, sagten sie, doch ich sank. Ich tauchte ein, und das Wasser schloß sich über mir zu einer Decke. Petrus hatte sich gefürchtet, als er sank. Er sank, weil er sich fürchtete. Doch Christus erwachte und rettete ihn. Mich rettete niemand. Ich wollte von niemandem gerettet werden. Ich wollte gehen und sinken. Sie sagten, sie hätten mich gehen sehen, doch ich sank. Ich glaubte, was sie sagten. Heldentum ist - zu glauben, was dir andere erzählen.

Und Maria glaubte, mit dem großen, dunklen Soldaten mitgegangen zu sein. Das hatte ich ihr erzählt, und sie glaubte es. Deshalb eignet sie sich als Heldin einer Geschichte.

Sie erzählte mir, sie hätte Zärtlichkeit für den jungen Mann empfunden, hätte ihm ihre Hand zu küssen erlaubt und ihn sterben sehen.

"Er küßte meine Hand und ging", sagte sie.

"Ich sah ihn, auf die Straße gehen, er winkte mich zu sich. Ich wollte ihm folgen, rührte mich aber nicht vom Fleck und hörte die Explosion."

Maria sah den Mann sterben, als der Sprengsatz auf der Straße ihn zerfetzte. Sie ging nicht hin, denn sie fürchtete sich vor den Leichenteilen, die an den Wänden klebten.

Heldentum ist - zu glauben, was andere über dich erzählen. Sie erfinden ihre Geschichte, und du stirbst.

Der einzige Fehler in meiner Geschichte ist, daß ich nicht tot bin. Fauzi al-Qawuqgi war auch nicht tot, als er das Bein auf den Stuhl stellte und uns vom Tod seines Sohnes in Deutschland erzählte. Er glaubte. Ich jedoch nicht. Wahrhaftig nicht.

Was schreibe ich?
"Wo ist nun die Geschichte?" wollte Maria wissen.

Ich sagte ihr, daß ich Samias Geschichte erzähle.
Nicht ihre. Ich wußte wohl, daß sich das bisher Erzählte nicht einmal als Einleitung für die Geschichte über das Tote Meer, über Widad oder Emile eignete.
Dabei schreibe ich keine Geschichte.
Ich lasse die Dinge auf mich zukommen, gebe die Geschichten nur wieder, erklärte ich. Behauptete deshalb nicht, daß ich etwas hinzufüge oder unterschlage. Widad, die Tscherkessin, starb vor zehn Jahren. Sie glich der angeschlagenen Schaufensterpuppe auf dem Balkon des Büros von George Naffa's Laden. George Naffa', der Ärmste! Ich bedaure ihn, weil er tot ist. Ich trauere um ihn, obwohl ihn nichts mit dem Dichter Fuad Gabriel Naffa' verbindet. Auch er ist tot, trotzdem ist mir bildhaft in Erinnerung geblieben, wie er durch al-Ashrafiye, „Der Kleine Berg" genannt, schlendert und Julias Haus unweit des Rot-Kreuz-Gebäudes umschleicht. Seine Jackentasche beherbergt zerknitterte Zettel, seine neuen Gedichte. Er raucht Bavaria und reagiert auf keinen Gruß. Fuad Gabriel Naffa', der Ärmste, auch er ist tot. Die Lebenden meinen, sich durch ein paar mitfühlende, aber nichtssagende Worte von ihrem Verrat an den Toten freisprechen zu können. Ständiger Verrat an den Toten. Sein Gipfel ist, über sie zu schreiben. Falsch! Allein schon am Leben zu bleiben, ist Verrat

angesichts all des Sterbens. Um den Verrat zu vermeiden, flüchten wir uns in die Erinnerung. Aber wovon sprechen wir letztendlich? Doch nur von uns selbst.

Samia war die einzige, die nicht von sich selbst sprach, als sie mir Alis Tod schilderte. Erzählen Menschen vom Tod anderer, sprechen sie meist von der eigenen Trauer und dem eigenen Schmerz. Nicht Samia, sie erzählte von Alis Tod, sprach von dem durch Granatsplitter zerfetzten Körper und dem Arzt, der die Zimmertür schloß und Ali behandeln wollte, obwohl er dessen Tod bereits festgestellt hatte.

Nicht eine Träne weinte sie. Über ihre schwarzen Augen legte sich ein nebelhafter Schleier, als sie vor der Moschee, nun Grabstätte, meine Hand ergriff.

Der Arzt hatte versucht, den toten Ali zu behandeln, ihn wiederzubeleben. Tränenüberströmt stürzte er aus dem Zimmer. Doktor Jano war Grieche. Ein Grieche, dessen Eltern nach Kanada emigriert waren, doch er hatte in Kairo studiert. Seit dem Abschluß seines Studiums vor zehn Jahren arbeitete er beim Palästinensischen Roten Halbmond. Er war der einzige Arzt in Shatila, das drei Jahre lang belagert war. Diese Geschichte muß einfach erzählt werden. Doktor Jano schrieb ein Buch über die Belagerung Shatilas und über Alis Tod. Er vertraute mir an, wie man den leblosen Ali zu ihm gebracht hatte.

Ich nahm ihn, trug ihn auf den Armen in den Operationssaal, berichtete er. Ich legte ihn auf den Boden und verschloß die Tür. Er war tot, ich wußte es, wollte es aber nicht wahrhaben. Das beharrliche

Zucken seines Körpers offenbarte jene Macht, die größer ist als die Medizin und Wissenschaft. Ich sah seine Seele. Was eine halbe Stunde oder länger in seinem Körper rebellierte, war die Seele. Mit ungeheuerer Brutalität löste sie sich von dem leblosen Körper, als widersetzte sie sich dem Tod, der sie überrascht hatte. Er wurde hereingetragen mit zerfetzter Brust, zuckte wie geschlachtetes Vieh. Das Leben hatte seinen Körper verlassen, das hatte ich erkannt, noch bevor ich ihn berührte. Ali war tot. Ich nahm ihn entgegen, trug ihn wie ein Kind auf den Armen. Sanft wie ein Kind fühlte er sich an, der strenge Ausdruck war aus seinem Gesicht gewichen. Er zitterte, als hätte ihn seine Mutter soeben aus den Armen gelegt. Ich legte ihn auf den Boden, schickte alle anderen hinaus, nur weg mit ihnen!, und verschloß die Tür. Ich tat zuerst nichts. Dann riß ich sein Hemd auf und sah die Wunde, Splitter und Blut, das nicht mehr pulsierte, als würde sein Fluß durch ein Hindernis gestoppt. Blut wie Wasser, doch bewegungslos in seiner Starre. Ich blickte in die halb geschlossenen Augen und strich über die Lider, sie waren zart wie eben verblühte Rosen. An den Augen erkannte ich den Tod. Wie Blüten verwelkten sie. Das Auge ist die Blüte des Körpers und das Refugium der Seele. Alis Seele hatte ihr Refugium verloren, strebte nach einem neuen. Den zuckenden Körper vor mir war ich der Arzt, der zahllosen Verwundeten das Leben gerettet hatte, unfähig, ihn vor dem Tod zu bewahren.

Er war mein engster Freund. Ich lebte allein in dem von Zerstörung und Angst heimgesuchten Flüchtlingslager. Mein Leben war einsam, und wäre er nicht gewesen, hätte mich die Angst vor der Einsamkeit umgebracht. Ich sah ihn sterben. Er starb, und ich konnte nichts tun. Ohne zu zögern, legte ich den Kittel ab. Ich erlebte mich als ein Heiler während der Belagerung, sah mich halb als Gott, rettete Menschenleben durch Wunder. Begreifen Sie, was es bedeutet, unter den gegebenen Umständen Arzt zu sein? Es ist unvorstellbar, ohne Antibiotika, ohne Betäubungsmittel, ohne Krankenpfleger, ohne Brennstoff für den Generator. An allem fehlte es. Ich vollbrachte wahre Wunder. Als Alis Tag kam, blieb das Wunder aus, ich sah dem Tod machtlos entgegen. Seine Seele kämpfte gegen den Tod, der bereits von den Augen Besitz ergriffen hatte. Ich schaute zu, kniete mich neben ihn auf den Boden, um den zuckenden Körper zu massieren, wollte der Seele ihren Weg erleichtern, doch traute ich mich nicht. Ich hatte Angst, ich kniete neben ihm und hatte Angst. Als der Körper zur Ruhe kam, war ich einer Ohnmacht nahe. Ich verspürte nur noch den Wunsch zu schlafen. Fast wäre ich eingenickt, doch ich hörte ein Klopfen an der Tür. Ich öffnete. Sie sagte, ich hätte sie wohl überhört, sie klopfe schon seit einer halben Stunde. Sie fragte nicht nach ihm. Samia wußte. Sie näherte sich ihm, deckte ihn mit ihrem Blick zu. Sie nahm meine Hand und sagte, ich sei erschöpft und solle mich schlafen legen. Ich ging hinaus, ließ sie allein. Sie schloß die Tür hinter mir. Ich stellte keine Fragen, denn ich fiel in einen Schlaf, der zehn Stunden dauerte. Wie ein Toter schlief ich, traumlos und ohne die Bombenexplosionen zu hören.

Der griechische Arzt führte mich durch das Krankenhaus. Zertrümmerte Räume, offene Vorhänge, die im Nichts zu hängen schienen. Er zeigte mir die Apotheke, in der es nach Medikamenten roch. Als ich den Operationssaal sehen wollte, lächelte der Arzt. Samia schwieg. Sie betrachtete uns und hörte wortlos zu, als er mir von Alis Tod erzählte. Sie trank ihren Kaffee, wärmte ihre Hände an der Tasse und der Anflug eines leisen Lächelns erschien auf ihren Lippen.

Das Lächeln ging mir endlos oft durch den Sinn.

Der griechische Arzt verließ das Land, ging nach Kanada oder irgendwo anders hin, ich weiß nicht. Ali blieb, sein Körper zuckte, seine Seele breitete sich über den Ort, und das dumpfe Dröhnen der Bomben erschütterte die Welt.

George Naffa's Balkon hing einsam in der Leere.

Staub und Verwüstung haben das Beiruter Geschäftsviertel heimgesucht, Menschen wandelten in den Trümmern, als seien sie auf der Suche nach ihrer verlorenen Stadt oder als entdeckten sie sie neu. Auf dem Balkon zeigte sich die Schaufensterpuppe, eine nackte Frauengestalt mit rosiger Haut und blondem Haar, den linken Arm amputiert und den rechten ausgestreckt. Den Körper geneigt, blickte sie hinter sich. Sie stand inmitten von zerfetzten Pappkartons und beschädigten Möbelstücken. Scheinbar hatten die

Hausbesetzer sie auf dem Balkon deponiert, um sie aus dem Weg zu schaffen.

"Schau, eine Tscherkessin!" rief Maria.

Die Schaufensterpuppe war eine Tscherkessin. Zumindest stellte man sich so Tscherkessinnen vor, blond, mit heller, rosiger Haut.

Die tscherkessische Schaufensterpuppe auf George Naffa's Balkon entdeckten wir, als wir auf der Suche nach dem „Lukullus" die Kabbushia Kirche in Richtung Patriarch Huweik Straße passierten.

"Es ist die weiße Widad", stellte Maria fest.

Wir gingen weiter in Richtung Huweik Straße.

"Hier starb Khalil", erklärte ich.

"Du vergißt, daß du es mir schon tausendmal erzählt hast", erwiderte sie.

Was schreibe ich?

"Wo ist der Fehler?" fragte ich sie.

"Nichts", sagte sie.

Die Schaufensterpuppe stieg herab. Maria lief zur Straße, als sie sie sah. Die Puppe war keine Figur, sondern eine Frau. Eine leuchtend weiße Frau in den Siebzigern. Man nannte sie die „Weiße Frau", erzählte George Naffa' von der Ehefrau seines Vaters. Sie sei die „Weiße". Und ihretwegen, fügte er hinzu, sei sein Vater zum Islam übergetreten. Anfangs sei es keine ernste Geschichte gewesen. Iskandar Naffa' war der Geschäftspartner des Juden Wadi' as-Sukhun im berühmten Laden in der Nähe der Buchhandlung Antoine hinter dem Platz der Märtyrer.

Sie wurde hierher verschleppt.

Sie war nicht älter als dreizehn, sichtlich verstört und verängstigt, sprach sie kein Wort Arabisch. Er zahlte für sie. Zu jener Zeit gab es zwischen Beirut, Alexandria und Rußland eine Gruppe von Händlern und Banditen, die Mädchen aufkauften oder entführten und auf Sklavenmärkten für Weiße in Kairo, Damaskus und Beirut verschacherten. Das war 1920, dem Jahr, als der Grand Liban ausgerufen wurde. Beirut erholte sich noch von den Spuren des Ersten Weltkriegs und der Hungersnot, die die Familie Naffa' dank des geschäftstüchtigen Nasim, Wadi's Vater und Iskandars Partner, überlebte. Denn er schmuggelte Getreide aus dem Hauran und verkaufte es an reiche Beiruter Familien.

Iskandar Naffa' war fünfzig, als er das verstörte tscherkessische Mädchen erwarb und zu sich nach Hause brachte. Seiner Frau, Madame Lodi, sagte er nichts davon, daß das Mädchen vom Sklavenmarkt war. Ein Dienstmädchen, erklärte er nur. Das Dienstmädchen betrat das Haus, und die Geschichte nahm ihren Anfang.

Den Grund, warum ich an Wadi' as-Sukhun denken mußte, als ich Emile Azayef kennenlernte, kenne ich nicht. Emile war der erste Israeli, dem ich in meinem Leben begegnete.

New York 1981.
Der Bürgerkrieg im Libanon hatte sich zu gesichtslosen Gespenstern ausgewachsen, während ich in New York an einer wissenschaftlichen Untersuchung

über palästinensische Volkserzählungen arbeitete und die Person des Mönchs Gurgi erforschte.

Emile traf ich in der Bibliothek der Columbia Universität, ein dunkler Typ mit dichtem Vollbart. Er sprach Englisch mit orientalischem Akzent, dehnte und zog die Laute in die Länge, so daß die Worte viel Raum beanspruchten, im Gegensatz zur amerikanischen Aussprache, bei der die Worte vorgekaut werden, bevor sie den Mund verlassen.

Emile Azayef stellte sich als ein israelischer, in New York lebender Student vor. Er lud mich zur Vorführung eines Kurzfilms ein, den sein Freund gedreht hatte. Der Film handelte von dem Canada Park in Jerusalem, der auf dem Gebiet der drei ehemaligen Dörfer Imwas, Beit Nuba und Jalo errichtet wurde. Die Ortschaften wurden von Israelis zerstört, als sie 1967 die West Bank besetzten. Der Canada Park bedeutet eine Ausdehnung Jerusalems.

Im Jordantal traf ich meinen Freund Emile wieder.

Wir saßen am Ufer des Toten Meeres unter dem bleiernen Himmel.

Die Reise nach Amman bedeutete die Wiederkehr in eine Stadt mit unerschöpflichen Erinnerungen. Vielleicht, weil wir bei unserem ersten Besuch dort von jener Sehnsucht nach dem Anfang erfüllt waren, die mit voranschreitendem Alter stirbt.

Von Amman gelangten wir zum Jordantal, zum Jordan, an dem unsere Taufe mit Wasser, Geist und Blut begann.

Am Fluß begegnete ich ihm.

Christus war allgegenwärtig. Er stand im seichten Wasser, das die Israelis umgeleitet und in ein kleines, schlammiges Rinnsal verwandelt haben. Dort, im schlammigen Rinnsal sah ich ihn. Der Herr stand da, allein, wie ein Fremder. Und ich vor ihm. An jenem Tag fragten sie ihn, was sie jeden Tag aufs neue von ihm wissen wollten: "Bist du Elias?" Er aber erwiderte, was er schon immer erwidert hatte: "Nein!"

Diesmal fragten sie mich. Woher und warum sie gekommen waren, weiß ich nicht. Sie standen plötzlich vor mir und fragten mich: "Bist du Elias?"

"Nein", erwiderte ich.

"Wer dann?"

"Ich."

"Wer ist ich?"

"Der, der diese Geschichte schreibt."

Christus, bis zu den Knien im Wasser, verharrte, als lauschte er geheimnisvollen Stimmen, Stimmen, die wir nicht wahrnahmen.

Er wandte sich um und fragte mich: "Welche Geschichte?"

"Deine Geschichte, o Herr!"

"Die ist schon geschrieben."

"Ich schreibe sie, weil sie geschrieben ist", erklärte ich. "Wir schreiben nur, was bereits geschrieben ist. Wäre die Geschichte ungeschrieben, würden wir sie nicht schreiben."

"Bist du der Messias?" wollte ein Mann von drüben wissen.

"Du sagst es", erwiderte er. Er selbst sprach nicht aus, wer er sei. Er ließ es andere aussprechen, bejahte nur, was bereits gesagt worden war.

"Und ich, o Herr, schreibe schon Geschriebenes, was sollte ich sonst schreiben?"

Der Horizont war bleiern. Er und Elias, der Prophet des Feuers, existierten, und die kurze Strecke, die Erde von Erde trennt, existierte.

Emile war nicht dabei.

Seine Geschichte hörte ich in New York. Ihm gefiel die Gestalt des Mönchs Gurgi. Sie eigne sich als Haupt-figur eines Romans über einen arabischen Robin Hood. Doch warf er ihm vor, Antisemit zu sein, und er wollte die Geschichte von der Entführung des Juden verändert wissen.

Der Mönch hätte keinen Juden entführt, erklärte ich Emile. In den Geschichten des Volkes verhindere das Erzählen, daß Dinge sich real ereignen. Erzählen sei eine Ersatzhandlung. Emile war nicht von seinem Standpunkt abzubringen. Er war nicht zu überzeugen, daß wir Geschichten gestalten können.

Zwischen Emiles und Wadi' as-Sukhuns Geschichte besteht, so meine ich, ein großer Unterschied. Wadi' as-Sukhun hat keine Geschichte und das war auch sein Problem. Er mußte sich eine Geschichte aneignen, um nach dem „kleinen Bürgerkrieg" im Libanon von 1958 nach Israel auszuwandern. Er verkaufte alles, und George Naffa' kaufte es auf.

Emile erzählte.

Er erzählte die Flucht seines Vaters Albert aus Polen nach Palästina.

Als Albert eines Tages durch die Straßen Sofias lief, sah er einen Lastwagen, der jüdische Gefangene in ein Todeslager deportierte. In dem Lastwagen befand sich auch sein einziger Bruder. Als er dessen Gesicht an dem vergitterten Fenster erkannte, drückte er sich an eine Hauswand. Er wollte sich verstecken, doch war da nur die Wand, an die er sich zitternd vor Angst preßte. Der Gefangene schrie. Albert erzählte, wie sein Bruder geschrieen, getobt und mit dem Kopf in Alberts Richtung gedeutet hatte. Vor Angst gehorchten ihm die Knie nicht mehr, und er wäre fast zusammengebrochen. Beabsichtigte der Gefangene, die Gestapo-Schergen auf den Bruder aufmerksam zu machen, damit sie auch ihn mitnahmen? Wollte er ihnen verraten, daß der an die Wand gepreßte Mann Jude sei und verhaftet werden müsse? Oder fürchtete er um seinen Bruder und wollte ihn warnen?

Albert wußte es nicht.

Nur ein einziges Mal erzählte er seinem Sohn das Erlebnis. Emile blieb es ein Rätsel. Vor Erschütterung konnte der Vater nur stockend erzählen.

"Wollte mein Bruder, daß ich umgebracht werde, oder hatte er Angst? Befähigt Angst Menschen zu jeder erdenklichen Tat?"

Albert Azayef kam durch die Jewish Agency nach Palästina. Eigentlich wollte er in die Schweiz, an die Gastronomiefachschule in Lausanne, aber er landete in Tel Aviv, das er nur als Zwischenstation auf dem Weg nach Lausanne betrachtete. Dann lernte er seine spätere Frau kennen. Sie war russischer Abstammung, jedoch in Palästina geboren. Er blieb bei ihr.

"Mein Vater wollte nicht nach Palästina zurückkehren", erklärte Emile.

"Trotzdem fuhr er hin", erwiderte ich.

"Er wollte nicht zurückkehren", wiederholte er.

"Hinfahren", korrigierte ich.

Auch Albert Azayef und Faisal unterscheiden sich.

Wie soll ich Faisals Geschichte schreiben, wo er doch starb, bevor seine Geschichte zum Ende kam? Ist er der Junge, dem ich nach dem Massaker von Shatila und Sabra 1982 begegnete? Ich weiß es nicht.

Deshalb fragte ich Muhammad Malas, den syrischen Filmregisseur. Faisal war bereits tot, als wir Samia im Flüchtlingslager Shatila besuchten. Der Junge starb an einem Kopfschuß, drei Tage vor dem Tod Ali Abu Tauqs.

Muhammad Malas hatte Faisal nicht in seinen Film „Palästinensische Träume" aufgenommen, veröffentlichte aber dessen Traum in einem Buch.

Faisal erzählte:

"Es spielte sich genauso ab, wie die Flucht unserer Eltern aus Palästina 1948. Ich träumte, daß wir, die Leute aus dem Flüchtlingslager, mit unserem Gepäck auf Lastwagen saßen. Nur, diesmal fuhren wir nach Palästina. Hinter Naqura tauchte plötzlich ein riesiger See auf. Ich betrachtete ihn und fragte meinen Vater nach dem See. Nanu', sagte er, „weißt du das etwa nicht? Das ist der See Tiberias." Die Antwort meines Vaters machte mich sehr glücklich. Aus dem fahrenden Lastwagen sah ich all das Grün und ein Meer von Olivenbäumen. Wir waren in Palästina, aber nur im Traum. Alle gingen auseinander, jeder ging in seine Stadt, die einen nach Haifa, die anderen nach Jaffa. Ich blieb allein zurück, meine Schulfreunde waren alle verschwunden. Ich fühlte mich einsam und wünschte mir, mit ihnen zusammen eine große Stadt zu bauen oder eine kleine oder ein Dorf, so etwas wie Shatila. Ich ging auf die Suche nach meinen Freunden, wollte ihnen sagen, kommt alle her, laßt uns eine Stadt in Palästina bauen, damit wir wie im Flüchtlingslager zusammenleben. Dann wachte ich aber auf."

Faisal wachte auf. Er war elf Jahre alt. Er wachte auf, weil ihm klar geworden war, daß er niemals nach Palästina zurückkehren, sondern dorthin fahren würde. Es gibt keine Rückkehr. Die Rückkehr ist eine Illusion. Zurückkehren bedeutet hinfahren.

Warum suchen wir diesen Ort auf, wenn es doch keine Rückkehr gibt?

"Sind die Juden zurückgekehrt?" fragte ich Emile.

Faisal kam wieder und erzählte eine andere Geschichte. Seine Geschichte war kein Traum mehr, sondern die Wirklichkeit. Der Traum war Wirklichkeit, und das Massaker war Wirklichkeit.

Sie waren zusammengepfercht. Von drei Kugeln im Becken und in der Hand verwundet kroch Faisal hervor und legte sich zwischen seine sieben Geschwister und seine Mutter, getötet von den Kugeln, die in der Nacht des 16. September 1982 ins Flüchtlingslager eindrangen. Von den Leichen bedeckt, stellte er sich tot. Doch er lebte. Nach dem Rückzug der Bewaffneten rannte er auf die Straße, zwängte

sich vorbei an den herumliegenden Leichen --
schwarz, aufgedunsen und vom Tod überrascht, so
hat Jean Genet sie beschrieben -, bis er ausländische
Journalisten erreichte und das Bewußtsein verlor.

Eine weitere Geschichte erzählte Faisal nicht,
denn die nächste überlebte er nicht.
Diese Tragödie müsse enden, erklärte Emile.

Ich stand am Schoß des Toten Meeres.
Das Tote Meer sei wie der Schoß der Welt. So
würde sich Mahmud Darwish äußern, stünde er mit
mir hier. Er würde sagen, daß er hinüberrennt, zu-
rückkehrt, Jericho betritt und von dort zu den Hügeln
Jerusalems gelangt. Jerusalems Lichter blinzeln hinter dem Grau hervor, das das tiefliegene Jordantal von
der Erde trennt.
"Wirst du zurückkehren?" würde ich ihn fragen.
"Wer behauptet, daß Boden wie Sprache vererbt
wird?" würde seine Gegenfrage lauten.

Ich würde ihm die Geschichte Jerusalems erzählen, von den Sufis, die annahmen, Jerusalem liege
an dem Scheitelpunkt, der Paradies und Hölle trennt.
Von den Hügelspitzen seien die himmlischen Lob-
gesänge zu vernehmen und die Düfte des Paradieses
zu atmen, in den Tälern die Schreie aus der Hölle zu
hören und der infernalische Gestank zu schmecken.
Deshalb verschmähten die Sufis Jerusalem als Wohnort und ermahnten die Menschen fortzuziehen, denn
Jerusalem sei die Stadt der Tränen. Kopfnickend wür-

de er sich die Geschichte anhören, seine Betroffenheit hinter den dicken Brillengläsern verbergen und mir vom „Waffenstillstand mit den Mongolen" erzählen.

"Ein Waffenstillstand mit den Mongolen ist undenkbar", würde ich erwidern, "weil der Waffenstillstand eine Annäherung an die Wahrheit erfordert."

"Was ist Wahrheit?" fragte Maria.

"Das Zusammentreffen zweier Lügen."

Doch können sich zwei Lügen auf ein und demselben Boden treffen, um ihm zu seiner Wahrheit zu verhelfen?

"Welche beiden Lügen?" wollte Maria wissen.

"Emile und der Mönch", erklärte ich.

"Und Faisal?"

"Faisal nicht, er ist der Traum. Er ist die Geschichte, die ich zu erzählen versuche."

"Du erzählst aber eine andere Geschichte."

Was schreibe ich?

Ich weiß es nicht. Ich spüre, wie die Worte zerfallen und sich auflösen.

Wir befinden uns am Toten Meer.

"Das Salzmeer, auch bekannt als das Arabische Meer, das Ostmeer oder das Meer von Sodom, liegt 16 Meilen östlich von Jerusalem. Vom Ölberg ist es deutlich zu sehen. Es liegt an der tiefsten Stelle des Jordantals, das sich vom Golf von Aqaba bis zum Hule-See erstreckt. Bei einer Länge von 46 Meilen und einer Breite von 10,5 Meilen hat das Meer eine Fläche von ca. 300 Quadratmeilen. Das klare Wasser besitzt einen Mineralienanteil von 25%, von denen die Hälfte Salz ist. Unter anderem enthält das Wasser Magnesiumchlorid, was ihm den bitteren Geschmack verleiht. Nach Hesekiel zeichnet sich das Leben im Neuen Reich Gottes dadurch aus, daß das Tote Meer genesen und vielen Fischarten Lebensraum bieten wird."

"Ist Christus hier gegangen?" wollte Maria wissen.

"Nein, auf dem See Tiberias, auch das Meer von Galiläa genannt."

"Und hier?"

"Niemand."

Doch sehe ich ihn heute, 1991, am Ende eines barbarischen Jahrhunderts, das mit einem Massaker begann und einem Verbrechen endete. Ich sehe ihn, einsam, tot, gekreuzigt. Er geht auf dem Wasser.

Als einziger ein Fremder.

Ein Fremder im Reich der Fremdlinge, das er, so glaubte die weiße Tscherkessin, gründen wollte.

Einmal im Jahr, am Karfreitag, ging sie in die Marienkirche. Sie stand während der Beisetzungszeremonie rechts neben der Ikonostase unweit vom Erzbischof und sang alle Kirchenlieder mit. Wenn der Vorsänger das Lied „Der Fremdling" anstimmte, fiel sie wie die anderen Betenden auf die Knie und erhob die Stimme. Der Sarg wanderte über die Köpfe der Gläubigen hinweg. Alle blickten dem Sarg entgegen in der Erwartung, den Segen zu empfangen. Sie jedoch nicht. Sie sang voller Inbrunst ergriffen von dem Fremdling. Elias Mitri, der Vorsänger, bekannt für die strenge Einhaltung des byzantinischen Gesangskanons, ließ sie gewähren, so daß alle deutlich ihre Stimme vernehmen konnten.

"Gib' mir den Fremdling,
fremd wie ein Fremdling von Kindheit an,
gib' mir den Fremdling,
getötet als Fremdling,
gib' mir..."

Ihr zarter Sopran übertönte Elias Mitris kräftige Stimme und Tränen stiegen ihr in die Augen. Die Gläubigen weinten. Mit dem wandernden Sarg wandelte der Tod umher.

Iskandar Naffa' verschlang die Fremde, die in sein Leben getreten war, mit den Augen. Er wollte die Erweiterung ihres unbekannten, weißen Körpers werden. Sie gebar ihm zwar keine Kinder, dennoch liebte er sie bis ans Ende seiner Tage. Er alterte schnell, nachdem er mit Fünfzig die vierzehnjährige Widad geheiratet hatte. Drei Jahre nach der Hochzeit erkrankte er. Nach dem ersten Herzinfarkt jagte ein Leiden das andere. Anfangs besuchte ihn keines seiner fünf Kinder. Er solle krepieren wie ein Hund, hatte Lodi, seine erste Frau, geschworen. Weil sein Leben sich jedoch endlos hinzog, suchten ihn die Kinder schließlich doch auf und lernten die „tscherkessische Hündin", wie Lodi sie nannte, neu kennen. Sie erlebten, wie die Tscherkessin Iskandar Naffa' pflegte und ihn dem Schlund des Todes entriß. Sie schien das Geheimnis seines Lebens in Händen zu halten, ihr Zauber und ihre Anmut waren der seidene Faden, der ihn am Leben hielt.

"Ohne sie wäre Vater gestorben", erklärte George seiner Mutter.

"Der Tod soll ihn holen", kreischte Madame Lodi und brach in Tränen aus.

Auf Drängen ihrer Kinder besuchte auch sie schließlich Iskandar. Sie sah die weiße Tscherkessin, kein Dienstmädchen mehr, sondern eine Frau. Vor Haß bebend betrat Lodi das Haus. Die Tscherkessin eilte ihr entgegen und küßte ihr weinend die Hand. In dem Augenblick verwandelte sich die weiße Schönheit für George Naffa' in eine Legende.

Ich erzählte Maria von Widad. Sie hatte schwere Zeiten durchlebt. Das Angebot ihres Stiefsohnes, in sein Haus zu ziehen, hatte sie abgelehnt. Inmitten von Bombardierung und Angst lebte sie allein in ihrem

Häuschen, in dem sie dreißig Jahre Iskandar gepflegt hatte. Und weitere dreißig Jahre hatte sie darin gelebt, ohne auszugehen oder Besuche zu empfangen. Ihr Sonntagmorgen gehörte der Kirche. Sie arbeitete ehrenamtlich im Altenheim, hatte ein offenes Herz für jeden. Als sie erkrankte, weigerte sie sich, ihr Haus zu verlassen. Er solle sich lieber um seine Familie kümmern, sagte sie zu George. Sie schloß die Augen und murmelte die gleichen Verse, die sie bei Iskandars Hinscheiden rezitiert hatte.

Iskandar ist halb bewußtlos. Neben ihm sitzt Widad und hält ihm die Hand. Außer George sind Katja, Ruba, Samar und Jaqueline anwesend. Iskandar hebt die Augenlider. Seine Tochter Katja nähert sich ihm. Er wendet sich zu Widad, die sich über ihn beugt und das Gedicht von Imru' al-Qais, das er so sehr liebt, rezitiert. Lächelnd schließt Iskandar die Augen.

"Er starb mit einem Lächeln", erzählte George Naffa'.

Nun liegt Widad im Bett und weigert sich, ihr Haus zu verlassen. George beugt sich über sie, während sie lächelnd die Verse rezitiert.

Oh Nachbarin, das Ziele ist nah,
doch ich verweile hier wie Asib
Oh Nachbarin, wir beide sind Fremde hier,
und Fremde einander Verwandte sind.

Doch sie starb nicht wie dreißig Jahre zuvor ihr Mann.

Wenige Tage später lief sie auf die Straße. Bevor sie jedoch das Haus verließ, trug sich ein seltsames Ereignis zu.

Das Ende war seltsamer als der Anfang.

Das Ende, erklärte ich Maria, sei vielleicht noch seltsamer als der Anfang. Eben das sei Beirut, wo seltsame Geschehnisse einen vertrauten Beigeschmack hätten. Du hörst eine Geschichte und, obwohl sie dir bekannt vorkommt, versetzt sie dich in Erstaunen. Das ist Beirut. Das Erstaunen über die seltsamen Geschehnisse ist verbunden mit einem rätselhaften Gefühl von Vertrautheit.

"Den Anfang kennen wir nicht", erklärte Maria. "Wir glauben, ihn zu kennen, doch wir wissen gar nichts." Widads Ursprung ist unbekannt, sowohl uns als auch ihr selbst. Sie hat ihn vergessen. Was können wir auch von einem Mädchen erwarten, das mit elf Jahren aus einem Dorf in Azerbaidjan entführt, zuerst nach Alexandria, dann nach Beirut verschleppt und dort von Monsieur Iskandar gekauft wurde.

Widad war keine Tscherkessin.

Er werde die Tscherkessin heiraten, verkündete Iskandar seiner Frau, als diese ihn in der Küche auf frischer Tat ertappte. Er umschlang das Mädchen, das in seinen Armen aufstöhnte. Das Stöhnen brachte den Mann um seinen Verstand. Es hallte aus ihren Augen, deren Farbe Iskandar sein Leben lang nicht zu bestimmen vermochte.

"Mit dem Dienstmädchen, du elender Hund!" kreischte Lodi.

"Halt' die Klappe!" sagte er nur, ohne sich zu rühren oder in Verlegenheit zu geraten.

Er verkündete, er werde die Tscherkessin heiraten, und er heiratete sie. Keiner wollte es glauben. Doch

Iskandar verließ sein Haus und nahm sie mit. Er schenkte ihr die Freiheit, trat zum Islam über, heiratete sie und bezog mit ihr ein kleines gelbes Haus aus Sandsteinquadern mit Garten, in dem eine Silberakazie, ein Jasmin und ein Mandelbaum wuchsen. Er spielte Laute für sie und sang Lieder vor. Abends trank er Arak, und sie saß bei ihm. Er setzte sich zwar nicht zur Ruhe, ging jedoch nicht mehr so oft ins Geschäft. Aus Liebe zu ihr überwarf er sich mit allen.

Er sei verrückt geworden, erklärte Lodi den Kindern, außerdem seien Männer Hunde.

"Darwin hat sich geirrt", sprach sie. "Der Mensch stammt nicht vom Affen ab, sondern vom Hund. Und das beste Beispiel ist Monsieur Muhammad Iskandar Naffa'."

Sonntagsmorgens gingen Iskandar und seine junge Frau in die Kirche. Warum und auf welche Weise er sein Gebet in der Kirche verrichtete, nachdem er zum Islam übergetreten war, fragte ihn niemand. Es hieß, die Tscherkessin habe sich taufen lassen, aber Genaueres weiß niemand.

Für George und seine vier Schwestern war die Geschichte ein Skandal. Sie wuchsen in einem Haus ohne Mann auf, dem der Geruch des Skandals anhaftete. Anfangs besuchten die Kinder ihren Vater nicht, weil sie gehorsam das Verbot ihrer Mutter befolgten. Es wurde normal, den Vater nicht zu sehen. Doch als Iskandar drei Jahre nach seiner Hochzeit erkrankte, suchten sie ihn auf und gewannen seine kleine, feenhafte Frau lieb.

George Naffa' sah sie als weißen Schatten.

Als Iskandar wegen eines Herzinfarkts im Krankenhaus lag, besuchte ihn George und nahm sie zum ersten Mal wahr. Sie saß auf einem Stuhl am Fußende des Bettes und betrachtete die Füße ihres Mannes, die sie ab und zu massierte. Tränen füllten ihre Augen, als hätte sie lange geweint oder stünde kurz davor.

George erzählte Amal, die er fünf Jahre später heiraten sollte, daß er Widad erst an jenem Tag wahrgenommen hätte. Im Haus sei sie immer ungreifbar wie ein Geist gewesen. Im Krankenhaus jedoch sei sie eine vollkommen andere Person. An jenem Tag erblickte er das Licht und eine in Licht gehüllte Frau, die in Weiß erstrahlte. Kein rötlich schimmerndes Weiß wie bei den Frauen in diesem Land, sondern ein außergewöhnliches Weiß, eine Mischung aus zwei Weißtönen, und Licht strahlte daraus hervor.

Zwei Wochen später wurde Iskandar nach Hause entlassen. Von da an besuchte George ihn täglich. Und täglich sah er Widad, die sich lautlos, fast schwebend durch das Haus bewegte. Das Rascheln ihrer Kleider konnte er hören, doch ihre Schritte und ihr Atem waren nicht zu vernehmen. Sie war wie eine Krankenschwester. Weder George noch seine Schwestern hatten je mit ihr gesprochen. George streckte ihr die Hand hin, worauf sie ihm ihre kleine, zarte Hand gab. Sie verschwand in der Küche und kam mit Tee oder Kaffee wieder. Sie setzte sich auf einen Stuhl am Fußende des Bettes. Ab und zu nahm sie die Füße ihres Mannes und massierte sie. Sie las Iskandar die Wünsche von den Lippen ab. Kaum hatte er den Kopf gehoben, um nach einem Glas Wasser zu fragen, war es bereits da. George schaute sie an, wagte aber keine Fragen zu stellen. Kann ein Mann überhaupt mit einer solchen Frau schlafen? Sie ist wie ein unsichtbarer Geist. Ist die Mauer des Schweigens um sie herum überhaupt zu durchbrechen?

Die Tage vergingen.

George stellte seinem Vater niemals Fragen zu Widad. Nur ein einziges Mal erkundigte er sich nach ihrer Vergangenheit, ihrer Familie und dem Namen ihres Dorfes oder ihrer Stadt. Iskandar kniff die Augen zusammen. Diesen Blick warf er seiner Frau Lodi und seinen Kindern zu, wenn er sich über sie ärgerte. Er kniff die Augen zusammen, damit sein Sohn das Thema beendete. George beendete es aber nicht. Eigentlich wollte er nicht darüber sprechen, sondern über das Geschäft und das Heiraten. Er hatte beschlossen, das Geschäft seines Vaters nach dem Studium der Betriebswirtschaft an der Amerikanischen Universität in Beirut zu übernehmen. Das hatte er mit seiner Mutter Lodi abgesprochen, die ihm nahegelegt hatte, sein Erbe sofort anzutreten.

"Dein Vater ist krank und kann jeden Moment sterben. Geh' zu ihm und hol' dir dein Erbe. Dir steht alles zu, also laß dich nicht abspeisen. Sonst stirbt er noch, und dieses Dienstmädchen beerbt ihn."

George fragte hartnäckig nach Widads Erinnerungen. "Frag' sie selbst. Ich weiß es nicht", erwiderte sein Vater. George fragte sie aber nicht. Er fürchtete, sie könne sich erinnern und ihm Dinge erzählen, die er nicht hören wollte.

Wahrscheinlich hätte sie ihm die gleiche Antwort gegeben wie sein Vater. Denn Widad wußte es nicht. Und was sie wußte, kannte auch Iskandar. Was Iskandar jedoch nicht kannte, war aus ihrem Gedächtnis erloschen. Selbst die Erinnerung an jenes Jahr in Alexandria und ihr Dasein als Dienstmädchen bei den Khayyats, einer libanesischen Familie, die zwei Frachtschiffe auf der Linie Alexandria - Beirut - Marseille unterhielt, war aus ihrem Gedächtnis verschwunden, hatte sich in eine Art Spuk verwandelt.

George schwieg. Sein Vater lag schweratmend auf dem Bett.

George sprach das Geschäft an. Iskandar öffnete die Augen und gab seine Zustimmung. George sollte am folgenden Tag ins Geschäft gehen, damit Wadi' as-Sukhun ihn einweist. "Er ist wie ich", sagte Iskandar, "behandle ihn wie einen Vater." Dann rief er die Tscherkessin. An jenem Tag entdeckte George das Geheimnis ihrer lautlosen Schritte. Sie war barfüßig. Im Haus trug sie keine Schuhe. Nur ein einziges Mal sah George sie in Straßenschuhen, die flach und elastisch waren. In ihnen lief sie, als sei sie barfüßig. Wie im Flug schwebte sie zu Iskandar.

Das Mädchen stand vor ihm.

Er machte eine Handbewegung. Sie holte die Unterlagen, die Iskandar seinem Sohn überreichte. Es handelte sich um beglaubigte Urkunden, darunter auch eine Erklärung, in der Iskandar das Geschäft mit allen Waren an seinen Sohn abtrat. George nahm die Urkunden entgegen und las sie durch. Er beugte sich vor, um die Hand seines Vaters zu küssen. Dieser entzog ihm aber die Hand und wandte das Gesicht ab. Iskandar Naffa' weinte.

George ging, ohne sein zweites Anliegen angesprochen zu haben. Er wollte bei diesem Besuch nicht über das Geschäft sprechen, sondern über das Heiraten. Er teilte nicht die Meinung seiner Mutter. Er fand es verfrüht, mit seinem Vater über den Tod und die Erbschaft zu sprechen. Doch Iskandar und die Tscherkessin hatten bereits alle Vorbereitungen getroffen. Die Urkunden in den Händen saß George schweigend da und lauschte dem stillen Weinen seines Vaters, während die weiße Tscherkessin sich über dessen Füße beugte.

Bei Georges folgenden Besuchen wollte Iskandar nichts vom Geschäft wissen. Er sah lediglich die Abrechnungen durch und teilte den Gewinn zwischen sich und seinem Sohn auf. Iskandar wurde gesund. Nach dem drittem Herzinfarkt teilte Doktor Nagib George mit, daß sein Vater nicht mehr lange zu leben habe. Die verkalkten Arterien ließen ihm nicht mehr viel Zeit. Doch wie durch ein Wunder blieb Iskandar am Leben. Lodi wünschte sich sehnlichst seinen Tod und den Moment herbei, an dem die Tscherkessin sie auf Knien anflehen würde, im Haus bleiben und als Dienstmädchen arbeiten zu dürfen. Lodi wartete lange. Sie starb, bevor ihr Wunsch in Erfüllung ging.

Der Zauber der Liebe habe ihn am Leben gehalten, erklärte Iskandar seinem Sohn an dem Tag, als George über das Heiraten sprechen wollte. Wie üblich saß sein Vater an diesem frühen Septembermorgen nahe beim Jasmin. Die Erde war feucht vom Sommerregen und verströmte ihren frischen Duft. Sein Vater trank den Morgenkaffee und rauchte Wasserpfeife. Die Tscherkessin saß nicht bei ihm. Sie badete im Haus.

Die sommerlichen Morgenstunden verbrachte Iskandar im Garten, beim Jasmin, trank Kaffee und wartete, daß Widad aus dem Bad kam. Wenn sie erschien, war das lange Haar noch feucht und duftete nach Seife. Sie setzte sich schweigend zu ihm, und er fing an zu erzählen, erzählte, was ihm in den Sinn kam. Vergaß, worüber er sprach und wiederholte die gleichen Geschichten in anderen Abwandlungen. Er schaute sie an und dachte, sie glaube seinen Erzählungen. Zehn Jahre nach Iskandars Tod stellte George fest, daß die Weiße Frau seinem Vater nicht ein einziges Wort geglaubt hatte. Denn sie fragte ihn über die Familiengeschichte und das Geschäft, über einfach alles aus.

Nach dem Tod ihres Ehemannes, ihrer langjährigen Tätigkeit im Altenheim und der Geschichte ihrer Beziehung zu Seraphim, dem armenischen Apotheker, die weder bestätigt noch widerrufen werden kann, betrachtete George sie mit völlig anderen Augen. Ihr stilles Lächeln verriet ihm Überlegenheit, Scharfsinn und Tiefblick. Sie stellte ihre Fragen so, als wüßte sie von nichts. Er sprach von Wadi' as-Sukhun, dessen Sohn Musa und von seinen Geschäften, die den Handel mit Miederwaren einschlossen. Sie hörte still zu, und doch schien sie alles anzuzweifeln, als wollte sie Dinge in Erfahrung bringen, ohne direkt nachzufragen. Ihre Gesellschaft ermutigte ihn zu erzählen, ob er wollte oder nicht.

An jenem Tag offenbarte sich George das Geheimnis seines Vaters. Der Sohn begriff plötzlich, was sein Vater gemeint hatte, als er ihn um die Einwilligung in die Heirat mit seiner Komilitonin Amal Tabsharani bat. Die Worte seines Vaters standen im Widerspruch zu Lodis. Sie wollte ihren Sohn überzeugen, Amal zu vergessen und nach einem reichen Mädchen Ausschau zu halten. Iskandar stellte nicht die üblichen Fragen nach Familie und Herkunft des Mädchens. Er fragte nach der Liebe.

"Liebst du sie?"

"Natürlich", erwiderte George.

"Was heißt natürlich?" Ich frage, ob du sie liebst. Du hast doch gesehen, wie es mir ergangen ist, als ich mich verliebt habe. Liebst du genauso?"

"Wie genauso?"

"So, wie ich Widad liebte."

"Liebst du sie denn jetzt nicht mehr?"

"Das ist jetzt nicht das Thema, wir sprechen von dir."

"Ich weiß nicht. Ich weiß nur, daß ich sie liebe und heiraten will."

"Ehe und Liebe sind zwei unterschiedliche Dinge, mein Junge."

"Aber du hast doch auch geheiratet, weil du dich verliebt hast!"

"Richtig! Widad habe ich geheiratet, weil es keine andere Möglichkeit gab. Mit Widad, das war wirkliche Liebe."

An jenem Morgen sollte George die Geschichte erfahren. Widad badete sehr lange. Sie brach ihre Gewohnheit, nach Seife duftend zu erscheinen und sich schweigend zu ihrem Mann zu setzen. Sie ließ Vater und Sohn bis mittags allein. George hörte, daß sein Vater wie von Sinnen und völlig verwirrt war, nachdem er das weiße Mädchen in der Küche umarmt hatte. "Als hätte ich ein Faß Arak getrunken. Mir war ständig schwindelig - zu Hause und bei der Arbeit. Ich wollte sie. Nein, nicht mit ihr schlafen. Es ging mir nicht um Sex. Sex ist etwas anderes. Ich wollte sie, wollte sie ganz für mich. Ich wollte alles."

"Und jetzt?" hakte George nach.

"Was soll jetzt sein? Darum geht es doch hier nicht. Jetzt gehört sie mir. Aber ich kenne sie trotzdem nicht. Ich führte sie in Saufar ins Grand Hotel und heiratete, ich glaubte, daß sie nun mir gehörte, vollkommen mir gehörte. Liebe aber bedeutet nicht Besitz über den anderen. Liebe bedeutet, daß der Graben bestehen bleibt. Widad ist mir immer eine unergründliche Tiefe geblieben. Mit der Ehe wollte ich die Liebe erdrücken, und die Leidenschaft wünschte ich im Bett zu bändigen. Doch ich entdeckte einen tiefen Graben. Vielleicht, weil sie eine Fremde ist, vielleicht, weil sie fremd riecht. Ich sehe ihrer Nase an, daß sie Gerüche wahrnimmt, von denen wir keine Ahnung haben. Vielleicht, weil sie keine Frau ist. Bei Gott, sie ist keine Frau! Von Frauen verstehst du nichts. Wenn es dir im Bett gelingt, eine Frau zum Meeresgrund hinabzuführen, daß sie vor Lust bebt, gehört sie dir. Du wirst Herr über sie, und die Welt gehört dir. Mit Widad aber ist es anders. Ich weiß nicht, ob sie bei mir jemals zum Orgasmus kam. Frage ich, schlägt sie wortlos die Augen nieder. Als verstünde sie nicht, wovon ich spreche. Nie hat sie beim Sex, dieser Gabe Gottes, hingebungsvoll gebebt. Was ich auch tue, ich bin nie sicher, ob sie die höchste Lust empfindet, denn ihre Miene bleibt unverändert. Alles an ihr bleibt unverändert. Liebe ist ein Vakuum, das dich zum Wahnsinn treibt. Ich war wie von Sinnen, bis ich den Herzinfarkt bekam. Ich suchte etwas, konnte es aber nicht finden. Ich hörte auf zu suchen, als ich den Tod sah. Nicht, daß ich sie nicht liebe. Ich liebe sie noch. Ja, ich liebe sie. Ach, ich weiß nicht! Das Vakuum füllte ich mit Schweigen. Ich gab die Suche auf und nahm, was ich vorfand und bekommen konnte. Das ist die Ehe! Mach' dich auf die Suche, bevor du heiratest."

Er empfinde nicht so, erklärte George, und bei ihm liege die Sache anders. Er wolle Amal heiraten, weil sie die Frau für ihn sei. Er hätte das Gefühl, sie zu lieben, ein Kind von ihr zu wollen und ohne sie nicht leben zu können

"Ein Kind!" lachte Iskandar. "Ich habe fünf Kinder, aber aus Liebe ist keines hervorgegangen. In Liebe lebe ich mit diesem Mädchen zusammen, also brauchen wir sonst niemanden."

"Weil sie deine Tochter sein könnte", erwiderte George.

"Richtig, sie könnte meine Tochter sein! Sie könnte aber auch meine Großmutter sein. Vom Alter verstehst du nichts. Das Alter spielt keine Rolle, es ist reine Äußerlichkeit, Menschen sind alterslos. Weißt du, wie alt sie ist? Ich nicht! Ich weiß nur, daß sie sehr alt und weise ist. Geh' und frag' sie, sie wird dir keine

Antwort geben. Sie antwortet nie. Unzählige Male habe ich nachgefragt. Zwar habe ich behauptet, ihr keine Fragen zu stellen, doch das war gelogen. Meine Fragen bleiben ohne Antworten. Und ich weiß, daß sie die Antwort nicht kennt, obwohl sie in ihr steckt. Sie könnte meine Tochter sein, richtig! Und sie könnte, ach, ich weiß nicht... Manchmal glaube ich, einem fremden Wesen gegenüberzustehen. In unserer Beziehung wünschte ich mir nie Kinder, und ihr ging es ebenso. Wir leben ohne Kinder, Kinder kommen vor oder nach der Liebe. Aber verwechsle Kinder und Liebe nicht!"

Iskandar log seinen Sohn an. Das wußte George auch, sagte aber nichts. Er kannte die Geschichte von Widad und Mirna. Widad hatte geweint, bis ihre Kleider völlig durchnäßt waren, denn Iskandar hatte ihr den Wunsch ausgeschlagen, das dunkle Mädchen Mirna aus dem Waisenhaus Zahrat al-Ihsan zu adoptieren. George wußte, daß das Gespräch über Liebe, Ehe und Kinder zu nichts führte. Nicht, weil sein Vater log, sondern weil dieses Thema zur Täuschung verleitet. Worte haben hierbei nur den Zweck, Tatsachen und Sehnsüchte zu rechtfertigen, aber nicht, Ansichten zu klären. Das Gerede über das Alter war nur ein lächerliches Argument, das George überzeugen sollte, sich die Heirat mit Amal reiflich zu überlegen. Geduldig hörte sich George die Theorien seines Vaters über das Alter und Widads Alterslosigkeit an. Fast wäre er überzeugt gewesen, nein, er war sogar schon überzeugt. Doch dann brachte Iskandar das Argument vor, daß die Gleichaltrigkeit von George und Amal gegen eine Hochzeit spräche und die Ehe mit einer zehn Jahre jüngeren Frau vorzuziehen sei, da der biologische Prozeß bei Frauen und Männern grundverschieden sei. Da stand George auf und erklärte die Argumentation seines Vaters für dumm.

"Ich pfeife auf die Biologie, du hast mir doch eben noch erzählt, daß deine Frau alterslos ist. Warum soll das Alter meiner Frau plötzlich wichtig sein?"

"Ich weiß nicht, warum", lenkte Iskandar ein und schwieg, sein Zeichen zur Einwilligung in die Heirat.

Der Gedanke über das Alter irritierte mich, als ich Maria zuhörte. Sie erzählte mir die Geschichte des Soldaten, mit dem sie das „Lukullus" verlassen hatte. Er war siebzehn Jahre alt, so schien es mir jedenfalls, und Maria dreiunddreißig. Sie war so alt wie Christus. Als ich mit ihr in der Schaukel auf dem Balkon über dem Meer schlief, wußte ich bereits, daß sie dreiunddreißig war. Sie duftete wie Christus. Dieses Alter ist die Krönung des Lebens. Das glaubte ich früher. Als ich erfuhr, daß er mit dreiunddreißig gekreuzigt wurde, war ich überzeugt, im gleichen Alter zu sterben. Auf der Schwelle dieses Lebensjahres ergriff mich eine einzigartige Angst. Christus wußte, daß er nicht wirklich sterben würde, trotzdem fürchtete er sich. Ich wußte es nicht, wie hätte ich mich also nicht fürchten sollen? Dieses Lebensjahr ging an mir vorüber, und meine Angst war verblaßt bis zu dem Tag, an dem Maria mit dem großen, dunklen Soldaten ging und ihn dem Tod überließ. Als ich die beiden in den zerstörten Gassen verschwinden sah, dachte ich, Maria wird sterben. Sie solle nicht sterben, wollte ich ihr hinterherrufen. Ich hörte die Explosion und sah sie mit festem Schritt und in die Ferne gerichtetem Blick zurückkommen, als hätte sie nichts gehört und nichts gesehen. Sie hatte den jungen Mann dem Tod überlassen und kam zurück. Ich kannte ihre Theorie über das Alter. Auch sie wollte fort, denn sie war auf der Suche nach jener Schwäche, die mit einsetzender Lust von den Augen Besitz ergreift. Sie wollte sehen, wie der Soldat den ersten Schritt tat. Doch tat er nicht den ersten Schritt, er starb. Davon erzählte mir Maria nichts. Sie sprach nicht von der Lust, die da beginnt, wo der Blick endet. Marwan al-Asi, erklärte sie, hätte sie nicht geliebt. Seine Augen blieben an der Oberfläche kleben, sahen nur die Dinge an. Hingegen hatten sich die Augen des Soldaten verloren. Sie setzte sich zu ihm mit dem Bohnentopf in der Hand. Das Essen hatte er kaum angerührt. Obwohl er hungrig war, behauptete er, nach dem ersten Bissen satt zu sein. Doch sie aß. Sie aß mit mir oben im zerstörten Lokal, ging hinunter und aß mit den Soldaten. Ich aß nicht, der Soldat aß nicht. Der wesentliche Unterschied zwischen ihm und mir ist, daß er starb und ich nicht. Meine Geschichte mit Maria irritiert mich. Doch möchte ich jetzt nicht ihre Geschichte erzählen, sondern von Iskandar Naffa's Theorie über das Alter sprechen. Ich stimme ihm zu, daß das Alter nicht allein in Gottes Hand liegt. Natürlich hält er es in Händen. Aber das Alter reicht auch zurück in längst vergangene Zeiten, die außerhalb unserer Kenntnis liegen. Deshalb ist die weiße Widad alterslos. Sie gehört zu einer dunklen Höhle erloschener Erinnerungen. Maria - eine andere Geschichte. Ich beobachtete, wie sie ins neue Lebensalter schlitterte und sich vor dem Altern fürchtete. Ich betrachtete sie und stellte ihre Alterslosigkeit fest. Sie glaubte mir nicht, glaubte mir nicht bis zu dem Tag, an dem sie mit dem Soldaten ging und ihn dem Tod überließ. Als sie zurückkam, gestand sie, daß sie mir nun glaube. Zu spät. Ich glaubte ihr nicht mehr. Sie kam mir vor wie ihr Kleid, das von ihrem weißen Körper rutscht. Weder dem Kleid noch dem Körper schenkte ich Glauben. Daß ich ihr nicht mehr glaubte, sagte ich ihr nicht. Sie sah es meinen Augen an. Meine Augen seien nicht mehr die alten, sagte sie. Ich sei krank, entgegnete ich. Ich wollte die Augen schließen, um sehen zu können. Ich sah sie gehen, ließ sie gehen. Vielleicht ging sie gar nicht fort. Vielleicht erfand ich die Geschichte mit dem Soldaten, damit sie die Freiheit hatte, zu gehen. Und sie ging.

Maria fragte mich nach den Marien. Die vielen Marien, die Christus umgaben, irritierten sie.
"Und du, wer bist du?" fragte ich.
Die Geschichte der Marien sei auch Iskandars Geschichte, erwiderte sie. Iskandar war auf der Suche nach seiner Maria, damit er ein Wunder vollbringen könnte. "Er besann sich auf Kana. In Kana hatte ihn seine Mutter zu seinem ersten Wunder ermutigt. Am Grab des Lazarus befand sich eine andere Maria, und bei der Auferstehung waren alle Marien anwesend. Iskandar suchte nach seinem Wunder, nach seiner Maria. Nach der Maria, die das Salz fallengelassen

hatte und fortgegangen war. Er wollte das Salz wiedererlangen, das den Untergang des Toten Meeres und der Welt ausgelöst hatte."

Im Jordantal, am östlichen Ufer des Toten Meeres sah ich den bleiernen Himmel, der die Welt verhängt. Als befänden wir uns am Rand des Universums, wo Federwolken über Wasserfluten an Spiegelscherben über den Hügeln erinnern, die die Sicht vom Jordantal auf Jerusalem versperren. Jerusalems Lichter glitzern im schwindenden Grau beim Untergang der Sonne, die zum Schlafen in das salzige Wasser taucht.

Die Geschichte erzählt von einer Frau.

Zu jener Zeit, in grauer Vorzeit, lebte eine Frau namens Mirjam. Vielleicht war es Maria, die Schwester des Moses und Aaron und Tochter des Amram. Es kann auch eine andere Maria gewesen sein. Jedenfalls ging die Welt zugrunde.

Zu jener Zeit starb alles. Gott hatte die Welt, aber kein Salz erschaffen. Alles war vorhanden, nur kein Salz. Die Kinder wurden mit gespaltenen Lippen geboren und starben kurz darauf. Alles war dem Tod geweiht.

Zu jener Zeit setzte sich Maria ans Ufer des Meeres und flehte Gott um Salz an. Sieben Tage und sieben Nächte betete sie, und Gott sandte ihr eine Mühle. Maria drehte die Mühle, und die Mühle mahlte, und Salz quoll heraus. Die Frau hielt die Mühle, und die Mühle drehte sich immerfort, und da quoll Salz heraus.

Gott schuf das Salz. Gott schuf die Frau, und die Frau ist der Anfang des Salzes.

So will es die Geschichte.

Und die Frau starb. Das Salz legte sich über ihr Gesicht und verkrustete die Augen, so daß sie starb. Die Frau starb, und die Mühle fiel ins Meer. Noch heute liegt sie auf dem Meeresgrund und dreht sich immerfort. Zum Stillstand kommt sie erst, wenn der graue Dunst des Weltanfangs aufsteigt. Dann wird das Salz verschwinden und das Leben wiedererwachen, doch vorher findet alles Leben und die Welt ihr Ende.

"Und er sprach zu mir: Du Menschenkind, hast du das gesehen? Und er führte mich zurück am Ufer des Flusses entlang.

Und als ich zurückkam, siehe, da standen sehr viele Bäume am Ufer auf beiden Seiten.

Und er sprach zu mir: Dies Wasser fließt hinaus in das östliche Gebiet und weiter hinab zum Jordantal und mündet ins Tote Meer. Und wenn es ins Meer fließt, soll dessen Wasser gesund werden, und alles, was darin lebt und webt, wohin der Strom kommt, das soll leben. Und es soll sehr viele Fische dort geben, wenn dieses Wasser dorthin kommt; und alles soll gesund werden und leben, wohin dieser Strom kommt.

Und es werden an ihm die Fischer stehen. Von En-Gedi bis nach En-Eglajim wird man die Fischgarne aufspannen; denn es wird dort sehr viele Fische von aller Art geben wie im großen Meer.

Aber die Teiche und Lachen daneben werden nicht gesund werden, sondern man soll daraus Salz gewinnen.

Und an dem Strom werden an seinem Ufer auf beiden Seiten allerlei fruchtbare Bäume wachsen; und ihre Blätter werden nicht verwelken, und mit ihren Früchten hat es kein Ende. Sie werden alle Monate neue Früchte bringen; denn ihr Wasser fließt aus dem Heiligtum. Ihre Früchte werden zur Speise dienen und ihre Blätter zur Arznei." (Hesekiel 47: 6-12).

Was hat es mit der Geschichte der Marien auf sich?

Sieben Marien standen ihm in seinem kurzen Leben nahe.

Maria, seine Mutter. Sie gebar ihn, gewickelt in ein Leichentuch. Nach seinem Tod legte er das Leichentuch ab und erschien seinen Marien. Sie erkannten ihn erst nicht. Er leuchtete wie die Sonne der Gerechtigkeit. Sie standen um ihn herum:

Maria, seine Mutter.

Maria, Schwester des Lazarus.

Maria Magdalena.

Maria, Mutter des Jakob.

Maria Kleopa.

Maria, Mutter des Johannes Markus.

Und eine andere Maria.

Sieben Marien umstanden die Sonne, deren Strahlen auf der Oberfläche des Toten Meeres glitzerten. Das Meer war genesen, sein Wasser süß. Er aber stand wie ein Fremder in ihrer Mitte.

„Herr", rief ich.

Ich stand am Ufer und wartete auf ihn. „Herr", rief ich. Als er sich umdrehte, blickte ich jordanischen

Soldaten jenseits der Hügel in die Augen. Christus sah ich nicht.

"Ich sehe Christus nicht", sagte ich zu Maria.

Weiß Maria, welche Bedeutung ihr Name hat?

Sie glaubt, Maria sei ein gewöhnlicher Name, und daß er die Frauen um Christus bezeichnete. Doch Maria ist ein besonderer, sehr bedeutungsvoller Name. Maria ist ein hebräisches Wort und bedeutet „die Rebellische".

Wurde Maria deshalb zur neuen Eva? Umgab er sich deshalb mit Marien?

Die erste Maria, lautet die Geschichte, widersetzte sich ihm. Die nächste willigte ein. Worin besteht nun die wahre Rebellion, in der Ablehnung oder der Einwilligung.

Widad hätte ihr Los akzeptiert, erklärte George seiner Frau. Er wollte ihr Iskandar Junior geben. Er wollte ihn ihr geben, damit sie in ihrem Leben einen Sinn sähe. Doch sie entschied sich für ein Leben ohne Sinn. "Gott erhalte ihn seiner Mutter", hatte sie erwidert. George bat sie, die Patenschaft seines Sohnes zu übernehmen. Iskandar Junior war nach langem Warten auf die Welt gekommen. Iskandar Senior hatte sich nicht dazu geäußert, daß George und Amal kinderlos blieben. Es schien ihn nicht zu interessieren. Widad dagegen interessierte es sehr. Sie riet George, jeden Morgen Milch mit Honig zu trinken. Das sei die Nahrung des Paradieses, erklärte sie. Er solle Milch mit Honig zu sich nehmen, auf Gott vertrauen und die Arztbesuche einstellen. Zwanzig Jahre lang nahm George die Nahrung des Paradieses zu sich, blickte auf sein inhaltsloses Leben und den inhaltslosen Bauch seiner Frau. Und siehe, Amal wurde schwanger. Unvermittelt wurde sie schwanger, und hörte nicht mehr auf, Kinder zu gebären. Sie gebar sechs Kinder: vier Mädchen und zwei Jungen. Iskandar Junior war die Nummer fünf.

Als Iskandar Junior geboren wurde, lebte Iskandar Senior nicht mehr. George eilte zu Widad. Direkt vom Krankenhaus rannte er zu ihr, drückte sie an die Brust und weinte.

"Wie geht es Iskandar?" fragte sie, als er zur Tür hereinkam, bevor er einen Ton gesagt hatte.

"Wer hat es dir erzählt?" wollte er wissen.

"Ich habe ihn gesehen. Um Mitternacht habe ich ihn gesehen. Ich habe geschlafen und bin von seinem Weinen aufgewacht. Ich habe die Augen geöffnet und ihn gesehen."

"Er ist um Mitternacht geboren", bestätigte George.

Er drückte sie an sich und brach in Tränen aus.

Zwei Tage vor der Taufe besuchte er Widad und verkündete ihr, daß er sie zur Patin des Jungen auserwählt hätte. Ohne weiter darüber zu sprechen oder besondere Freude zu zeigen, erklärte sie sich einverstanden. George hatte geglaubt, ihr die Freude ihres Lebens zu bereiten. Steif und unbeteiligt, als sei eine andere Frau zur Patin bestimmt worden, willigte sie ein.

Die Taufe fand im Haus statt, weil Amal krank war. Sie litt unter schrecklichen Zahnschmerzen, die jede ihrer Entbindungen begleiteten. Bei der sechsten Geburt mußten ihr alle Zähne gezogen werden. In einem blauen Kleid und mit weißem Kopftuch stand Widad vor dem Taufbecken. Sie nahm dem Priester den nackten Jungen aus den Händen und drückte ihn an die Brust, über die sie ein Badetuch ausgebreitet hatte. Sie wickelte ihn in das Tuch und sang mit leiser kaum vernehmbarer Stimme. Der Gesang gehörte nicht zum Taufritual. Der Priester unterbrach sein Gebet und drehte sich sichtlich verärgert nach ihr um. Er wollte sich Ruhe ausbitten, ließ sie aber das Lied beenden. Dann brachte er sein Gebet in gekürzter Fassung zu Ende und eilte in die Kirche, wo eine andere Taufe auf ihn wartete.

Wie die Jungfrau Maria hätte sie ausgesehen, kommentierte Amal am Abend, nachdem die Gäste gegangen waren. Sie hätte sich gefürchtet, als Widad den Jungen auf dem Arm hielt. Wie die leibhaftige Jungfrau, die ihren Sohn auf dem Arm hält und in den Tod reißt.

"Ich will mit dieser Frau nichts zu tun haben. Sie soll meinem Sohn gefälligst fernbleiben."

George erklärte seiner Frau lachend, daß Widad das Lied „Gib' mir den Fremdling" immer so singe, weil sie die Melodie liebe. Er klärte seine Frau über den Kanon byzantinischer Gesänge auf und unterbreitete ihr seine Theorie, daß die Ostkirche allein wegen ihrer Musik in der arabischen Welt überlebt hätte. Die byzantinische Musik zeichne sich durch ihren Unsterblichkeitscharakter aus und vermittle den Eindruck, göttlichen Ursprungs zu sein. In der

Musik werde deutlich, wie unscheinbar die Menschen und wie mächtig der Tod sei.

Er wollte seiner Frau erläutern, daß Widad aus Liebe zum Gesang sang, und es auf die Melodie und nicht den Text ankäme.

Sie wolle diese Frau nicht im Haus haben, verfügte Amal.

Widad besuchte George nie mehr. Sie schlug seine Einladungen aus und wünschte ihm und den Kindern Segen.

Als Iskandar Junior von Granatsplittern getroffen und gelähmt wurde, pflegte Widad ihn sechs Monate lang im Krankenhaus. Sie hielt ihn im Arm wie bei der Taufe und weinte wie zehn Jahre zuvor.

Was schreibe ich?

Wo ist der Fehler in dieser Geschichte?

Über Maria zu schreiben ist mir unmöglich. Nicht etwa, weil ich sie liebte. Nein, weil ich vor Augen habe, wie sie beim Überqueren der Grünen Linie, die Beirut zertrennte, angsterfüllt zitterte. Ich zähle die Namen auf, bis ich neunundneunzig Namen, ihre maximale Zahl erreiche, die Namen meiner Freunde, die in den Trümmern der blutigen, vom Krieg errichteten Linie starben.

Ebenso die tscherkessische Schaufensterpuppe.

Hätte Emile Azayef die Tragik der letzten Tage Widads begriffen? Oder hätte er die Geschichte des Mönchs Gurgi wegen ihres angeblich antisemitischen Inhalts unbedingt verändern wollen? Gurgis Geschichte gab ich Emile so wieder, wie ich sie von einer alten Frau im Flüchtlingslager al-Miya wa-Miya bei Saida hörte. Ich sah sie als eine Geschichte, deren unterschiedliche Versionen zusammengetragen werden mußten, um sie als Zeugnis palästinensischer Volksliteratur zu rekonstruieren.

Zu meiner Überraschung entdeckte ich bei meinen Nachforschungen in der Bibliothek der Columbia-Universität in New York eine Zeitung mit dem Namen al-Quds, die eine Meldung vom Tod des libanesischen Mönchs Gurgi Khairi ad-Dumani enthielt.

Am 17. Mai 1947 meldete al-Quds, daß die von zehn Kugeln durchbohrte Leiche eines Mönchs unweit vom Damaskustor in Jerusalem gefunden wurde. Die

Palästinenserin hatte mir also kein Märchen erzählt, sondern eine wahre Begebenheit. Doch worin liegt der Unterschied? Wie verfahre ich mit der Geschichte des libanesischen Mönchs? Ordne ich sie im Sinne Vladimir Props als Volkserzählung ein, oder begebe ich mich auf die Suche nach der Wahrheit?

Maria machte sich immer lustig, wenn ich ihr von meiner Wahrheitssuche erzählte. Ihrer Ansicht nach läge mir an der Wahrheit nur, um sie niederschreiben zu können. Und ich hinterginge die Wahrheit, da ich sie beim Schreiben in eine Geschichte umwandele.

Maria hat recht.

Gibt es eine andere Möglichkeit?

Schreiben bedeutet lügen, stellte Ghaleb Halasa fest, kurz bevor er in Damaskus, fernab von Sultana, an einem Herzinfarkt starb.

"Ich versuche, nicht zu lügen."

"Du bist wie er", sagte Maria.

"Wie wer?" wollte ich wissen.

"Marwan al-Asi! Kennst du ihn?"

"Nein".

"Er liebte mich", erzählte sie. "Ich war achtzehn und er vierzig und mein Dozent. Ich war in ihn verliebt, wie eben eine Studentin an der Libanesischen Uni in ihren Dozenten verliebt ist. Ein ganzes Jahr dauerte meine Verliebtheit. Wir gingen zusammen aus und besuchten Lokale, wo er mir seufzend die schönsten Komplimente machte. Dann verabschiedete ich mich von ihm. Nein, nicht ich nahm Abschied, sondern die Liebe. Ich heiratete und bekam Kinder. Zehn Jahre später begegnete ich ihm zufällig auf einer Straße in Rom. Wir schlenderten umher, zogen durch Cafés, setzten uns in ein Restaurant, und er machte mir die gleichen Komplimente. Die Nacht verbrachten wir in seinem Hotelzimmer. Er fühlte sich währenddessen ständig der Ohnmacht nahe, nahm meine Hand und küßte sie, umwölkte seinen Kopf eine Ohnmacht, so daß er nicht mit mir schlief. Während unserer einjährigen Liebesbeziehung hatte er mir täglich einen Brief geschrieben. Er liebte mich nur auf dem Papier. Als ich eines Tages zu ihm ging und ihn wollte, brach er auf seinem Bett zusammen wie ein Kind, das seine Mutter verloren hat. So seid ihr, ihr liebt allein die Illusion. Du bist eine Illusion."

Das sei nicht wahr, erwiderte ich und näherte mich ihr.

"Du begehrst mich, weil du nicht über mich, sondern über jemand anderen schreibst. Ich kenne euch. Wenn ihr euch der Illusion des Schreibens hingebt, konstruiert ihr die Menschen in eurer Phantasie."

Ich unternahm keinen Versuch, ihr etwas zu entgegnen. Ich lauschte ihrer Geschichte von der weißen Tscherkessin und wollte über den Mönch Gurgi schreiben.

Vor langer Zeit, erzählt die Geschichte, flüchtete der libanesische Mönch Gurgi Khairi ad-Dumani aus dem Kloster Mar Saba nahe Jerusalem. Um dorthin zu gelangen, hatte der junge Mann aus Duma, einem Dorf im Batrun, im Norden des Libanon eine weite und beschwerliche Reise auf sich genommen. Er war seinem jähzornigen Vater, einem Messingschmied, entflohen und dem Kloster aus Bewunderung zu seinem Onkel Salim beigetreten. Salim war ein Exarchos. *Dieser griechische Begriff bezeichnet den höchsten Titel, den ein verheirateter Priester in der orthodoxen Kirche erlangen kann.* Nach Gurgis Ansicht verdiente sein Onkel Salim die Würde eines Erzbischofs, doch Frau und Kinder hatten ihm diese Chance zunichte gemacht. Ihretwegen reichte es nur zum Exarchos. Salims letzte priesterliche Aufgabe bestand in der Betreuung und Krankenpflege des Patriarchen Epiphanios III. von Damaskus, der endlos lange lebte und an allen erdenklichen Krankheiten litt. Exarchos Salim war also mit der Aufgabe betraut, den Partiarchen bis an dessen Lebensende zu pflegen.

Als Epiphanios III. starb, wurde ein neuer Patriarch gewählt, und man verzichtete auf die Dienste des Exarchos Salim alias Pater Gerasimos. Er kehrte in sein Dorf zurück und verbrachte seinen Lebensabend als armer, mittelloser Mann bei Frau und Kindern, die ihn verspotteten, weil er es wegen seines Titels nur zum Diener des Patriarchen geschafft hatte.

Gurgi hatte das Dorf mit achtzehn Jahren verlassen und war dem Orden Zum Heiligen Grab in Mar Saba beigetreten. Er hatte sich erträumt, die Leiter der geistlichen Hierarchie aufzusteigen und Erzbischof zu werden. Stattdessen fristete er ein schwermütiges, einsames und geknechtetes Dasein. Der Klostervorsteher und die Mehrheit der Mönche waren Griechen, die Araber haßten. Mit ihm lebten dort noch drei arabische Mönche, die ebenfalls geknechtet wurden. Sie verrichteten die niederen

Arbeiten wie Abwaschen, Fegen und Wischen, aber selbst das Bügeln war ihnen untersagt.

Nach sieben qualvollen Jahren flüchtete der Mönch Gurgi im Herbst 1940 aus dem Kloster nach Jerusalem in die Altstadt. Ab diesem Zeitpunkt weichen die Geschichten voneinander ab. Eine Version besagt, er sei in Jerusalem geblieben und habe gegen die britische Mandatsmacht und jüdische Besiedlung agitiert. Laut einer anderen Version ließ er sich nicht in Jerusalem nieder, sondern hielt sich in der Stadt nur während der Karwoche auf. Er lebte in Galiläa und pendelte als armer heimatloser Missionar zwischen Palästina und dem Libanon. Nach der dritten Version wurde er der Anführer einer Bande in Galiläa, die ihre Basis in dem libanesischen Dorf Qana hatte. Die Bande überfiel Schmuggelzüge zwischen dem Libanon und Palästina und verteilte die Beute unter den Armen. Der vierten Version zufolge soll er mit Gesinnungsgenossen am Karfreitag in Jerusalem einen Juden entführt, zu einer Ruine unweit der Grabeskirche verschleppt, gefesselt, wie Christus an ein Kreuz gebunden und zu Tode gepeitscht haben.

Es wird viel erzählt, doch keiner weiß Genaues. Entspricht es der Wahrheit, daß Gurgi und seine Bande Mädchen vergewaltigten, oder daß er ein frommer, ehrenwerter Mann war? Es heißt, er sei unweit vom Damaskustor tot aufgefunden worden. Nur sein Tod ist gewiß, alle anderen Behauptungen sind nicht nachgewiesen.

Seine Geschichte, erklärte ich meinem Freund Emile, habe nichts mit Antisemitismus zu tun. Gurgi habe in seinem gemieteten kleinen Zimmer im christlichen Viertel der Jerusalemer Altstadt keine Juden gefoltert oder umgebracht. Er wurde nicht als Mönch, sondern als Irrer behandelt. Und wegen seines angeblichen Irrsinns hielten manche die Geschichten von den Folterungen und Vergewaltigungen für wahr. Am glaubwürdigsten ist jedoch die Version, in der er als Anführer einer Bande in Galiläa erschien.

Am Gründonnerstag lief Gurgi mit einem großen Kreuz auf dem Rücken durch die Heilige Stadt. "Das ist das Kreuz der Araber. Hundert Jahre wird es auf ihren Schultern lasten", stand in krakeligen Buchstaben darauf geschrieben.

Wußte der Mönch, daß das Kreuz all die Jahre auf den Arabern lasten würde? Handelte es sich um eine Prophezeihung? Oder war Gurgi, wie al-Hadj Amins Anhänger behaupteten, nur ein paranoider Defätist, dem, wie sie glaubten, entging, daß Palästina nach Abzug der britischen Mandatsmacht seinem Volk wiedergehören würde und die Juden nicht einen Augenblick bleiben könnten?

War die Inschrift der Grund für seine Ermordung? Wer waren seine Mörder? Waren es die Zionisten, al-Hadj Amins Leute oder die Brüder des Heiligen Grabes, die wegen der verrückten Aktionen des Mönchs um den Ruf ihres Ordens fürchteten? Niemand weiß es.

"Ich weiß es nicht", gestand ich Maria.

Die weiße Widad wußte nicht, was das alles sollte.

Die weiße Tscherkessin starb kinderlos nach einem einsamen Leben. Ihr Tod ist die eigentliche Geschichte.

Aber weshalb? Weshalb steht der Tod für uns an erster Stelle, weshalb erheben wir ihn zur Geschichte?

Vielleicht, weil das Ende den Anfang erklärt?

Wer behauptet denn, daß der Tod das Ende ist? Erklärt Gurgis Tod die Anfänge des Mönchs, oder bedeutet sein Tod den Anfang, der einer Erklärung bedarf?

Fragen über Fragen, die Antworten schweben im Raum. Ich schrieb das Kloster Mar Saba an mit der Bitte um Informationen über Gurgi, erhielt aber keine Antwort. Also beschloß ich, auf der Suche nach der Wahrheit Duma zu besuchen. Dort fand ich eine andere Geschichte.

Ich reiste nach Duma. Nie zuvor war ich in diesem Dorf gewesen. Es liegt in den Höhen des Batrun. Von den Bergen des Dorfes Bsheale im Tannureen aus betrachtet, scheint Duma ins Tal abzugleiten. Ziegeldachhäuser am Hang rutschen in ein Tal, das in eine weite Ebene zu münden scheint.

Ich lief durch die Hauptstraße des Dorfes, ohne zu wissen, wo ich anfangen, und wem ich welche Frage stellen sollte. Um einen gezielten Anfang machen zu können, fehlten mir genauere Informationen. Nur zwei Namen waren mir bekannt, der des Mönchs und der seines Onkels, des Exarchos. Und selbst die waren ungewiß, denn bei der Priesterweih wird der Name geändert, ebenso änderten wir unsere Namen im

Jordantal. Der beste Ausgangspunkt, dachte ich, sei die Kirche. Dort erhoffte ich, erste Antworten auf meine Fragen zu finden.

Der Küster erklärte mir, daß die Kirche im 19. Jahrhundert erbaut worden sei. Zur Kirchweihe sei der russische Konsul persönlich erschienen, und er habe aus eigener Tasche Geld für die Glocke, eine der ersten Glocken im Libanon, gespendet. Die Ikonen gingen auf das 13. Jahrhundert zurück und entstammten der Homser Schule für Ikonenmalerei. Er erzählte mir vieles mehr, was ich mir aber nicht merkte, weil es für mich damals belanglos war.

Ich war auf der Suche nach dem Mönch und seiner Geschichte. Ist es wahr, daß er Duma verließ und Anführer einer Bande in Galiläa wurde, oder ist es nur das Märchen einer Frau aus dem Flüchtlingslager al-Miya wa-Miya? Bin ich den Wurzeln einer Volkserzählung auf der Spur? Oder will ich nur meinen Freund Emile Azayef davon überzeugen, daß der Mönch kein Antisemit war, weil wir in unserem Land keinen Antisemitismus kennen? Einerlei, denn Emile wird die Ergebnisse meiner Nachforschungen nicht mitbekommen. Und der Mönch war kein Thema mehr, nachdem Jerusalem vollständig besetzt und von israelischen Siedlungen eingekesselt worden war. Die Geschichte über das Kreuz mit der Inschrift ist nun völlig belanglos, denn unser Leid hat die Hälfte der vom Mönch prophezeihten Zeit überschritten. Fünfzig Jahre sind wir bereits geduldig, warum also nicht noch weitere fünfzig Jahre abwarten und sehen! Sehen werden wir nicht. Denn in fünfzig Jahren wird

Maria nicht mehr am Leben sein und ich auch nicht. Die Leser dieser Geschichte, sofern sich überhaupt welche finden, werden über meine Naivität und die des Mönchs lachen. Denn bevor das Leid ein Ende hat, wird es ein schreckliches, bisher ungekanntes Ausmaß annehmen. Erst unsere Enkel dürfen sich am Ende des Leides freuen.

Kommen wir wieder zur Geschichte.

Ich besuchte die Kirche in Duma, wo ich vom Küster die Geschichte des Exarchos erfuhr. Von dem Mönch Gurgi wußte er nichts, erinnerte sich aber an einen Exarchos mit Familiennamen Khairi, auch Pater Gerasimos genannt. Nach langen Jahren als Betreuer des Patriarchen in Damaskus, sei er zurückgekehrt. Fünf Jahre später sei er gestorben. Das letzte Lebensjahr habe er einsam verlebt, denn seine Frau sei zu den beiden Söhnen gezogen, die an der jesuitischen St. Joseph Universität in Beirut studierten. Der Mönch sei allein im Haus geblieben. Er habe es nur für den Kirchenbesuch verlassen. Von einem Tag auf den anderen habe er einen krummen Rücken und einen weißen Bart bekommen und den Gang des Patriarchen angenommen. "Gott, vergib' mir! Sie hätten ihn sehen müssen. Plötzlich war er, wie soll ich sagen, na ja, wie der Patriarch, nur ohne Stock. Gott, vergib' mir! Gott hab' ihn selig! Er brach zusammen und konnte danach nicht mehr gehen. Die Frau Priester kam, setzte sich aber zwei Tage später wieder nach Beirut ab und ließ ihn allein. Das sei sein Wunsch gewesen, sagte sie. Ohne die Gnade Gottes wäre es ihm schlimm ergangen. Drei Tage nachdem sie ihn verlassen hatte, starb er. Der Ärmste, sein Leben lang hat er den Patriarchen gepflegt, und als seine Zeit gekommen war, haben sie ihn verlassen. Gott wird ihm seine Taten vergelten! Ich habe ihn besucht, als er im Sterben lag. Mir war klar, daß er im Sterben lag, schließlich hat er es mir ja gesagt. Er starb, und aus war die Geschichte."

Mich interessierte nicht die Geschichte des Exarchos Salim alias Gerasimos oder wie auch immer. Ich war auf der Suche nach dem Mönch. Aber der Küster behauptete steif und fest, es hätte in seinem Dorf keinen Mönch namens Gurgi gegeben.

"Wissen Sie, vielleicht hat er einen anderen Namen angenommen. In diesem Berufsstand wird man umbenannt. Ich kenne keinen Mönch, der so heißt, vielleicht müssen Sie nach einem anderen Namen fragen."

"Und was nun?" fragte ich.

"Ich weiß nicht", erwiderte er. "Am ehesten kann Ihnen eine alte Frau helfen. Sie war mit dem Vetter des Hochwürden verheiratet."

Ich wolle zu ihr, forderte ich.

Er führte mich durch Gassen mit geschlossenen und halbgeschlossenen Geschäften. Es war deutlich zu sehen, daß Duma einst eine Stadt oder zumindest ein Handelsplatz für die umliegenden Dörfer gewesen war. An Dumas städtische Vergangenheit erinnerten jedoch nur noch die Arkaden vor den Geschäften und ein Café. In ihm saßen dicht an dicht die Männer mit ihren Wasserpfeifen, und aus dem Hintergrund war das Klackern des Tawla-Spiels zu hören.

Wir kamen zu der Frau, die über achtzig Jahre alt war. Unentwegt schluckte sie ihren Speichel, als würgte sie die Gurgel hinunter. Sie litt an mangelndem Speichelfluß, bedingt durch eine Entzündung am Kiefer und am Zahnfleisch, die sie fast das Leben gekostet hätte, wie mir der Küster erklärte.

Die Frau hieß Umm Halim und lebte allein in einem dunklen Haus, in dem es nach schimmeligen Oliven roch. Als sie von Pater Salim erzählte, brach sie in Tränen aus. Sie fürchte sich, sagte sie. Die Nacht mache ihr Angst, denn sie fühle sich von ihr wie in ein schwarzes Gewand gehüllt. Dank ihres Augenleidens sehe sie in der Weise, wie man auf der anderen Seite sieht. Sie deutete nach oben, und ich begriff, daß sie das Jenseits meinte. Ich fragte nicht, woher sie wüßte, daß man dort so sieht wie sie. Denn ich wollte schnellstens auf den Mönch zu sprechen kommen. Ich beabsichtigte herauszufinden, welchen Ruf er in seinem Dorf hatte und ob er sich bereits hier zur Legende entwickelt hatte, oder ob seine Geschichte mit ihm nach Palästina auswanderte und nur im Gedächtnis einer alten Palästinenserin im Flüchtlingslager bei Saida überlebte.

Umm Halim ließ sich jedoch Zeit mit dem Mönch. Sie erzählte mir, wie man dort oben sieht, daß sie den Grünen Star habe, sich aber nicht operieren lassen wolle. Daß die Operation ungefährlich sei, wisse sie wohl, trotzdem bevorzuge sie diesen Zustand. Denn so werde sie auch in der Zukunft sehen. "Warum also rückwärts gehen? Mir steht der Tod bevor, und ich

schaue nach vorn. Ich sehe Pater Salim. Ich habe ihm
bereits gesagt, daß ich ihn nicht mit seinem neuen
Namen anrede. Gerasimos! Was für ein Name! Er
glaubt wohl, daß ich ihn drüben Gerasimos nennen
werde. Nein, für mich ist und bleibt er Salim. Gott hab'
ihn selig! So ein anständiger Mann! Er ist in aller Stille
gestorben und niemandem zur Last gefallen. Ja, mein
Sohn, das ist meine Geschichte! Nun habe ich sie
Ihnen erzählt. Sind Sie vielleicht ein Gesandter des
Patriarchen? Sagen Sie, warum werden die Patriarchen eigentlich so beigesetzt wie Epiphanios? Als er
starb, hat mich Pater Salim rufen lassen. Also ging ich.
Man hatte den toten Patriarchen auf einen Thron
gesetzt, er war mumifiziert. Dann wurde er hinab-
getragen. Aber in ein Grab wurde er nicht gelegt,
sondern in einen großen Raum gesetzt zu den anderen Patriarchen. Ich trat ein. Allmächtiger Herr! Sie
saßen jeder auf einem Thron beisammen, als würden
sie eine Konferenz abhalten. Allmächtiger! Alle waren
mumifiziert! Einem war der halbe Bart ausgefallen,
einem anderen stand der Mund offen, und der nächste
war schwarz wie Kohle. Ich hielt mir die Hände vor
das Gesicht und fing an zu weinen. O weh, habe ich
geweint! Alle dachten, ich sei wegen des Patriarchen
außer mir, aber ich, ich weinte vor Angst. Ich kam um
vor Angst, zitterte am ganzen Leib. Ich zitterte und
konnte nur noch weinen, und damals fing auch das
Problem mit den Augen an."

Ich habe, erklärte ich, weder das Patriarchengrab
zu Antiochia noch ein anderes der Ostkirche besucht,
da mir das Interesse dafür fehle. Ich erzählte ihr von

meiner Dissertation über die Volkserzählungen und von dem Mönch aus Duma. Die Frau war sichtlich verwundert. Die Geschichte, entschied sie, sei absurd, denn ein Mönch könne unmöglich politische und militärische Aktionen durchführen, geschweige denn stehlen. Ein Mönch habe zu beten und zu weinen.

"Alle Mönche sind halb blind", sagte sie. "Nur blinde Mönche können heilig gesprochen werden. Sie müssen weinen und blind werden, und so für die Sünden der ganzen Welt sühnen. Was soll das für ein Mönch sein! Nein, den kenne ich nicht."

Ich wollte gerade gehen, und der Küster schaute auf die Uhr, als verspäte er sich zu einem wichtigen Termin, da fiel der Frau plötzlich etwas ein. Der Pater habe ihr von einem Verwandten im Mönchsgewand erzählt, aber Jerusalem habe er, soweit sie sich erinnern kann, nicht erwähnt. Nur ein einziges Mal habe sie diesen Verwandten in Duma gesehen, als er nämlich seinen Onkel besuchte. Ein kleiner dicker Mann mit schmierigem Bart sei er gewesen, außerdem habe er gestunken. Wie ein Schwein habe er gestunken, weshalb sie annahm, daß er einer von den Mönchen gewesen sei, die sich ihr Lebtag nicht zu waschen gelobten. Nicht länger als fünf Minuten habe sie es mit ihm in einem Raum ausgehalten. Er habe nicht gesprochen, sondern nur Laute von sich gegeben. Gelebt habe er in einem Kloster namens Sankt Johannes Kifteen in der Gegend von al-Kura. Er habe beim Brunnen gehaust und das Vieh des Klosters geweidet. Duma habe er nie wieder besucht.

"Und Jerusalem?" hakte ich nach.

"Ich weiß es wirklich nicht, mein Sohn. Vielleicht ist er vom Kloster Sankt Johannes Kifteen nach Jerusalem gezogen, ich weiß es nicht."

Das war das Ergebnis meines Besuchs in Duma.

Statt Informationen über den Mönch Gurgi einzuholen, brachte ich in Erfahrung, daß man im Jenseits grüne Schatten sieht wie Umm Halim, und daß der Anblick der mumifizierten Patriarchen in der Gruft die alte Dame in Angst und Schrecken versetzt hat. Außerdem erfuhr ich, daß Pater Salim alias Gerasimos am Ende seiner Tage plötzlich den Gang seines Herrn annahm und ebenso aufgesetzt wurde, daß der Mönch Gurgi nicht im Kloster Mar Saba bei Jerusalem, sondern im Sankt Johannes Kloster bei al-Kura lebte und möglicherweise von dort nach Jerusalem zog. Doch Genaues weiß keiner.

Woher stammten die Informationen für die Zeitungsmeldung? Wie wurde der Mönch zur Legende? Und von wem weiß ich den Teil der Geschichte, den mir die Palästinenserin nicht erzählte?

Fragen, auf die ich keine Antwort weiß. Sicher ist aber, daß ich in Duma einen Brandgeruch wahrnahm, und daß der Mönch Gurgi das Kreuz nicht nur trug, sondern so sterben wollte wie sein Herr zweitausend Jahre vor ihm. Und die Geschichte, die ich meinem Freund Emile Azayef erzählte, ist wahr, weil ich an sie glaube.

Warum bezeichne ich Emile als meinen Freund?

Ich weiß es nicht. Vielleicht, weil er mir seine Geschichte erzählte? Vielleicht weil wir mit den Menschen, deren Geschichte wir hören, unwillkürlich

Freundschaft schließen? Bin ich der Freund aller Menschen und auch Widads Freund?

Widad liebe ich. Wie sie liebte ich auch Maria. Ich versuchte Maria die Bedeutung der Liebe zu erklären. Als ich sie mit dem Soldaten weggehen sah, überkam mich das unbestimmte Gefühl, daß ich wegginge und in ihren Augen nur noch die Miniatur meiner selbst sei, die Miniatur eines Mannes, der jetzt bedingungslos dieser Frau folgt.

In Duma fand ich eine andere Geschichte, den Mönch aber fand ich nicht. Also beschloß ich, der Geschichte einen Anfang zu geben, indem ich sie niederschreibe. So meinte auch der Heilige Johannes mit dem ersten Satz seines Evangeliums "Am Anfang war das Wort" nicht das griechische Logos, sondern das geschriebene Wort. Er meinte Christus als geschriebenes Wort am Kreuz. Deshalb prophezeihte der Mönch den Arabern ihre hundertjährige Niederlage mit dem Kreuz auf dem Rücken. Und deshalb lag Widad, als sie an der Grünen Linie, der Grenzlinie inmitten Beiruts, zusammenbrach, wie gekreuzigt am Boden. Ebenso erging es dem palästinensischen Dichter Kamal Naser, der 1972 in seinem Haus in Beirut ermordet wurde. Man hatte ihn auf dem Boden gekreuzigt und ihm in den Mund geschossen.

Widad war einsam.

"Ihr Leben lang war sie einsam", erklärte George Doktor Nagib, der den Gedächtnisverlust der Weißen Frau zu behandeln versuchte.

Die Ereignisse spulen sich vor Georges Augen ab. Es sind nur unvollständige Bilder. George sieht die

Küchenszene: Madame Lodi ertappt ihren Mann auf frischer Tat. Iskandar, ein alternder Mann, umarmt das junge Dienstmädchen. Dem Mädchen stehen Tränen und Angst in den Augen. Iskandar nimmt das Mädchen bei der Hand und verläßt das Haus. An dieser Stelle verschwindet Widad aus dem Bild und Lodi erscheint. Sie ist nur noch ein schmales Handtuch. Jammernd bricht sie zusammen. Sie erfährt von Iskandars Übertritt zum Islam und seiner Heirat und wandelt sich zu einer geballten Ladung Haß. Sie magert ab und schrumpft zu einem gespannten, dünnen Faden zusammen. Ihre Brüste schwinden dahin, und sie sieht aus wie ein langer faltiger Hals.

Als Iskandar so erkrankte, daß man sich auf seinen Tod gefaßt machte, jubelte und tanzte Lodi zu Hause in der Annahme, Gott räche ihre Ehre. Doch sie starb zwanzig Jahre vor ihrem Mann. Sie starb aus lauter Gram, hieß es. Wenn sie von den Krankenbesuchen bei ihrem Mann heimkehrte, zitterte sie am ganzen Leib und brüllte das Haus zusammen. Sie zog sich in ihr Zimmer zurück und verriegelte die Tür. Niemand durfte zu ihr. Am meisten empörte sie sich über die Art der Tscherkessin, ihr unterwürfig die Hand zu küssen und mit gesenktem Kopf auf der Kante des Bambusstuhls zu sitzen, ohne ein Wort von sich zu geben.

Bei Lodis Beerdigung vergoß Iskandar viele Tränen. Er stand allein an ihrem Sarg in der Kirche. Die Tscherkessin befand sich im Hintergrund bei den Frauen. Niemand beachtete sie.

Widad sprach nur, wenn ihr Mann sie dazu aufforderte. Sie trug ein weißes Kleid und bedeckte ihren Kopf mit einem blauen Seidenschal. Sie bewegte sich schweigend und mit gesenktem Kopf wie eine Nonne.

Einmal weinte sie. George und seine Schwestern waren bei ihrem Vater zu Besuch. Iskandar lag auf dem Sofa im Wohnzimmer. Er hatte ein weißes, brokatbesetztes Seidengewand an, auf dem Kopf trug er einen Tarbusch, und in der Hand hielt er den Schlauch einer Wasserpfeife. Da die Ärzte ihm das Rauchen verboten hatten, präparierte Widad die Wasserpfeife, ohne Kohle auf den Tabak im Pfeifenkopf zu legen. Wenn Iskandar an der Pfeife zog, stieg zwar kein Rauch auf, doch das Wasser gurgelte. Seine Kinder saßen um ihn herum und Widad wie immer auf der Kante des Bambusstuhls. Vereinzelte Worte unterbrachen das Schweigen. Plötzlich fing Widad an zu weinen.

Die Tscherkessin löste sich in Tränen auf, erinnerte sich George Naffa'. Nie zuvor hatte er einen Menschen so heftig weinen sehen. Das weiße Häufchen verwandelte sich in ein Tränenmeer. Alle drehten sich ratlos nach ihr um. Sie schauderte, röchelte und zuckte, dann brach sie in lautes Schluchzen aus. Sie stand auf, wollte hinausgehen, stürzte und blieb weinend am Boden liegen. George eilte zu ihr.

"Laß sie!" schrie Iskandar, die Hand zum Zeichen erhoben, daß keiner sich von der Stelle rühren sollte.

George setzte sich wieder auf seinen Platz. Widad zuckte und weinte allein vor sich hin, sie schluchzte aus tiefstem Herzen. Iskandar schaute sie gefühllos an, und seine Kinder saßen regungslos da. Nach ungefähr zehn Minuten ließ das Schluchzen nach, als würde es untergehen und schließlich ertrinken. Sie erhob sich, ging ins Badezimmer, wusch sich und zog sich um. Als sie wiederkam, nahm sie wortlos ihren Stuhl ein, als sei nichts gewesen.

"So ist sie", erklärte Iskandar seinen Kindern. "Ab und zu bekommt sie einen Weinkrampf. Es ist nichts Beunruhigendes."

Das erzählte George Doktor Nagib, als dieser Widad von ihrer gefährlichen Krankheit zu heilen versuchte.

"Vielleicht sind das epileptische Anfälle", mutmaßte George.

"Nein, keine Epilepsie", stellte der Arzt fest. "Großer Gott! Das ist etwas völlig anderes. Widad ist weder Epileptikerin, noch ist sie schwachsinnig. Das ist eine andere Krankheit."

Die Weinkrämpfe begleiteten sie ihr Leben lang.

Als Iskandar Naffa' Widad erwarb, ahnte er nicht, daß sein Leben mit diesem Kauf eine andere Wendung nehmen würde. Ohne lange darüber nachzudenken, kaufte er sie und glaubte, damit das Dienstmädchenproblem seiner Frau zu lösen. Madame Lodi hatte es nicht leicht mit Dienstmädchen. Keines der Mädchen war länger als einen Monat im Haus geblieben, denn alle ergriffen die Flucht vor Lodis Tyrannei, Geiz und Arroganz.

Madame Lodi stammte aus dem Hause Galkh, einer wohlhabenden Familie, die im Seidenhandel tätig war. Durch ihre Ehe mit Iskandar fühlte sie sich benachteiligt, denn er war nur ein kleiner Händler und kein Nachfahre einer der sieben alteingesessenen Beiruter Familien. Ihre Unzufriedenheit glich sie aus, indem sie ihren Mann herablassend behandelte, Dienstmädchen schikanierte und Französisch sprach.

Mit den Dienstmädchen war es immer wieder das gleiche Trauerspiel. Ein Mädchen wurde eingestellt, spätestens nach einem Monat lief es davon, und ein neues mußte gesucht werden. Doch nach dem Zwischenfall mit Munira aus dem Hauran wollte Iskandar nie wieder ein Dienstmädchen ins Haus holen. Munira hatte er in ihrem Elternhaus begutachtet und für eine ausgezeichnete Hilfe gehalten. Und Lodi hatte mit ihrem Vater den monatlichen Lohn ausgehandelt. Das Mädchen hatte einen dunklen Teint und konnte mit ihren achtzehn Jahren alles: Kochen, Waschen, Putzen und die Wasserpfeife zubereiten. Doch sie hatte es nicht länger als drei Wochen mit Lodi ausgehalten. Iskandar war schockiert. Er sah, wie Munira auf seine Frau losging, sie verprügelte und anschließend alles zerschlug. Wie ein aufgebrachtes Tier zerstörte sie das Geschirr in der Küche und verwüstete das Wohnzimmer. Sie zertrümmerte das gesamte Mobiliar mit einem Hammer. Wort- und taten-los stand Iskandar dabei. Und Lodi lag blutend am Boden.

Nach dieser Schlacht verließ Munira auf nimmer Wiedersehen das Haus. Nicht einmal ihre Kleider nahm sie mit. Iskandar faßte den Entschluß, nie wieder ein Dienstmädchen einzustellen.

"Dafür trägst du die Verantwortung", beschuldigte er seine Frau. "Daran bist du mit deiner Herzlosigkeit schuld!"

Wehleidig schob Lodi ihm die Schuld zu, er hätte dieses bösartige Mädchen aus dem Hauran maßregeln sollen.

Lodi war herzlos zu Dienstmädchen. Sie hatte zwar eine Schwäche für Bedürftige und spendete Kleidung und Nahrungsmittel an Waisenheime, doch wenn es um Dienstmädchen ging, war sie ein völlig anderer Mensch. "Dienstmädchen sind Dienstmädchen!" sagte sie. Wie Sklavinnen mußten die Mädchen pausenlos schuften, auch wenn es nichts zu tun gab. Lodi schlug sie und gab ihnen nur Reste zu essen. Sie vermachte ihnen keine alte Kleidung, weil sie diese an arme Familien verteilte, wie sie sagte.

Der Kauf der Tscherkessin, so dachte Iskandar, sei die Lösung.

Das Dienstmädchenproblem bereite ihm Kopfschmerzen, und um jeden Preis wolle er es aus der Welt schaffen, erklärte Iskandar seinem Freund, dem Großhändler Muhammad Lawand. Er begleitete seinen Freund ins Hotel Amerika im Beiruter Hafenviertel und kaufte dort das Mädchen für fünf Goldstücke. Sie war zwei Tage vorher mit dem Schiff aus Alexandria gekommen, war bleich vor Angst und Erschöpfung und hatte einen leeren Blick. Sie sprach nur ein paar Worte Arabisch, einen ägyptischen Dialekt mit türkischem Akzent.

Der Verkäufer, von dem Iskandar nur noch die fettige Glatze in Erinnerung geblieben ist, gab das Mädchen als Tscherkessin aus. Die Tscherkessin sei ihr Gewicht in Gold wert, und ihr Name sei Widad. Iskandar zahlte und nahm sie mit nach Hause.

Widad schwieg. Mit gesenktem Kopf arbeitete sie den ganzen Tag, ohne Erwartungen zu haben oder zu murren. Sie schien durch die Dinge hindurch zu schauen. Mit ihren großen, verschwommenen Augen machte sie einen ahnungslosen, fast verwirrten Eindruck. Gefügig folgte sie Lodi auf Schritt und Tritt. Sie weinte oder protestierte nie, wenn sie von Lodi geschlagen wurde. Sie war wie ein Schatten, schien nicht wirklich zu existieren. Sie lernte schnell Arabisch und verstand das Französisch ihrer Herrin. Und Madame Lodis Klagen über Dienstmädchen hatten ein Ende.

"Das tust du mir an, weil ich dich mag und wie meine eigene Tochter behandle, du gemeines Luder", beschimpfte Lodi das Mädchen, das Iskandar aus dem Haus folgte.

Als Lodi die Tscherkessin mit Iskandar in der Küche auf frischer Tat ertappte, traute sie ihren Augen nicht. Dieses dürre Mädchen, dieser Schatten war für Lodi keine Frau, sondern ein Nichts. "Männer! Männer sind eben Schurken", beklagte sie sich weinend bei ihrem Sohn George.

Die weiße Tscherkessin wußte nicht, wie ihr geschah.

Sie stand in der Küche und wusch das Geschirr ab. Madame Lodi lag im Bett und hielt ihre heilige Mittagsruhe. Die Kinder waren in der Schule. Und Iskandar rauchte in seiner Mittagspause eine Wasserpfeife im Salon.

Zuerst bemerkte sie ihn nicht. Sie spürte ein Schnaufen im Nacken und erkannte Iskandar an seinem Atem, der nach persischem Tabak roch. Sie erstarrte, war wie an den Boden genagelt. Er packte sie an den Schultern, drehte sie zu sich und umschlang sie. Sie stöhnte, stöhnte mit offenen Augen. Iskandar sah das Stöhnen in ihren Augen und entbrannte in heftiger, nie gekannter Leidenschaft.

Vor lauter Liebe sei er den Tränen nahe gewesen, gestand er ihr.

Mit Widad an der Seite lag er auf dem Bett und konnte nur schwer atmen. Er nahm ihre Hand und gestand, daß er in der Küche fast in Tränen ausgebrochen wäre und sie deshalb geheiratet habe. Sie legte ihm die Hand auf den Kopf und forderte ihn auf zu schlafen. Kaum hatte sie ihm die Hand auf den Kopf gelegt, überkam ihn schwere Müdigkeit, und er schlief ein. Dreißig Jahre lang fand er nur seinen Schlaf, wenn die kleine Hand auf seinem Kopf lag.

Widad wuchs heran. Alles an ihr gedieh. Iskandar sah, wie sie unter seinen Berührungen heranreifte, größer und schöner wurde. Die Brüste rundeten sich, die Hüfte nahm an Fülle zu und das Haar, das sie ihm zuliebe nicht abschneiden durfte, wurde immer länger. Ihr ganzer Körper wuchs heran und veränderte sich, bis auf die Hände. Klein und zart wie eh und je wiegten sie ihn in den Schlaf.

Als Lodi die Küche betrat, ahnte Iskandar nicht, wohin ihn seine gedankenlose Tat führen würde. Er hatte sich an die Tscherkessin herangemacht wie an alle anderen Dienstmädchen auch. Nein, er ginge nicht mit ihnen ins Bett, prahlte er im Kreis seiner Freunde bei einem Glas Arak, sie seien nur harmlose Abenteuer. Nur hier und da ein Küßchen oder eine Berührung, um seinen Kreislauf in Schwung zu bringen. Wie an alle anderen Mädchen hatte er sich also auch an sie herangemacht. Aber er hätte sich nicht träumen lassen, seiner Frau Lodi eine solche Antwort zu geben. Sie hatte ihn schon öfter mit Dienstmädchen erwischt. Jedesmal gab er vor, das Mädchen zu schlagen oder zu tadeln. Lodi begriff und drückte dennoch ein Auge zu. Sie fühlte sich in ihrer Überzeugung bestätigt, daß Sexualität widerwärtig ist und Männer Dreckskerle sind. Und deshalb war sie im Ehebett steif wie ein Brett.

Dieses eine Mal behauptete Iskandar nicht, das Mädchen zu tadeln. Er hielt sie umschlungen, benommen von den feuchten Augen und ihrem Stöhnen aus tiefstem Herzen. Er hörte die nahenden Schritte seiner Frau, drückte das Mädchen fester an sich und roch an ihr. Lodi sah ihren Mann als Tier an, das sein Weibchen vor der Begattung beschnuppert. Das Mädchen stöhnte unterwürfig. Iskandar schmolz dahin und verlor die Selbstbeherrschung.

Iskandars Frau schrie auf. Ihre Stimme klang, als hallte sie aus einem tiefen Brunnen. Das Gekreische ließ Iskandar kalt. Er führte die Tscherkessin an der Hand hinaus und heiratete sie.

Wie aber erging es ihr?

Was sie empfand, dachte oder wollte, weiß keiner. Sie folgte ihm einfach.

Wußte sie es? Veränderte sich ihre Sichtweise im Laufe ihres Lebens? Bedeutete ihr die Strecke zwischen Beirut und Saufar etwas?

Keiner weiß es.

Iskandar sprach mit niemandem darüber. Er führte sie ins Grand Hotel in Saufar, das in den Bergen liegt, und machte aus ihr eine Dame. Sie bezogen ihr neues Haus, das von duftenden Silberakazien und Jasmin umgeben war.

Im Laufe ihres gemeinsamen Lebens erkundigte er sich nicht ein einziges Mal nach ihrer Heimat oder Familie. Wenn sie weinte, und sie weinte dauernd, ließ er sie allein, damit sie sich durch ihre Tränen reinigte. Er stellte keine Fragen. Und sie sprach nicht darüber.

Sie lernte einwandfrei Arabisch sprechen und brachte sich Lesen und Schreiben selbst bei, indem sie Iskandar nach den Buchstaben in Zeitschriften und Zeitungen fragte. Und er unterrichtete sie mit einem Lächeln. Sie paßte sich an und führte ein Leben wie andere Menschen auch. Halb Krankenschwester und halb Nonne lebte sie mit einem Mann zusammen, den sie umsorgte, pflegte und bediente, dem sie die kleine Hand auf den Kopf legte und den sie niemals verließ.

Iskandar lebte in Liebe. Wie alle verliebten Männer hatte er Angst vor weißen Frauen. Er bildete sich ein, sie würde ihn verlassen. Angst überkam ihn wie zu Zeiten der Krankheit. Er glaubte, sie würde genauso plötzlich aus seinem Leben verschwinden, wie sie hineingetreten war. Er sah sie aus der weißen Wand auftauchen und wieder hineinverschwinden. Obwohl er wußte, daß sie nirgends hingehen konnte, bedachte er sie nicht im Testament. Er nahm an, daß sie nach seinem Tod in ihre Heimat zurückkehren würde. Als Iskandar starb, kehrte Widad jedoch nicht zurück. Sie blieb im Haus und führte ihr Dasein wie eh und je weiter, als sei Iskandar noch am Leben. Eine Nachbarin, Widads Schneiderin und einzige Freundin, bezeugte, daß Widad einmal den Schrank öffnete und mit der Kleidung ihres Mannes sprach. Widad wusch die Wäsche, bügelte und hängte sie wieder an ihren Platz.

Sie lernte Lesen und Schreiben und ging jeden Tag ihrer ehrenamtlichen Arbeit im Waisenhaus Zahrat al-Ihsan nach. Iskandar hatte nichts dagegen einzuwenden. Er dachte, sie würde sich auf diese Weise leichter in ihr neues Leben eingewöhnen. Sie wollte für die Waisenmädchen sorgen, stellte aber fest, daß sie wie Dienstmädchen behandelt wurden, und half ihnen bei ihrer Arbeit. Jeden Morgen um zehn Uhr, nachdem sie ihren Haushalt erledigt hatte, erschien sie im Waisenhaus und schuftete bis zwei Uhr nachmittags. Selbst als Iskandar sehr krank war und sie mit Gewalt im Haus halten wollte, gab sie die Arbeit im Waisenhaus nicht auf.

Nur ein einziges Mal äußerte sie ihrem Mann gegenüber einen Wunsch. Iskandar überhäufte sie nach seinen allabendlichen drei Gläsern Arak mit Küssen.

"Was wünscht du dir? Los, sag es mir", bedrängte er sie. Noch nie aber hatte sie ein Anliegen geäußert. Sie hatte ein Dienstmädchen abgelehnt, hatte Gold und Diamanten abgelehnt und auch das Grundstück, das er ihr überschreiben wollte. Sie hatte alles abgelehnt. Doch als sie sich Mirna wünschte, widersetzte er sich.

Sie erbat von ihrem Mann, in die Adoption eines Mädchens einzuwilligen. Er widersetzte sich. Er habe bereits vier Mädchen und eins zu adoptieren, käme überhaupt nicht in Frage.

An jenem Tag weinte Widad. Sie warf sich auf die Knie und küßte ihm die Füße. "Ich wünsch' dir ein langes Leben, ich tue alles für dich, ich liege dir zu Füßen, nur laß mir Mirna", flehte sie ihn an, der an einem Lunge erkrankt im Bett lag.

"Nein!" sagte er.

Widad weinte. Seit jenem Tag tauchte sie regelmäßig in ihren Tränen ein, an die sich Iskandar gewöhnte.

Der Arzt erkundigte sich bei George nach Widads Freunden.

George Naffa', nur ein Jahr jünger als Widad, wurde öfter von seinem Gedächtnis im Stich gelassen. Der Krieg, das voranschreitende Alter, sein kranker Sohn und der Kummer haben Lücken in seinem Gedächtnis entstehen lassen, so daß er sich Personen- und Ortsnamen nicht merken konnte. Er war aber immer noch bei klarem Verstand und trotz der schwierigen Kriegssituation in der Lage, seine Geschäfte weiterzuführen.

Er wisse nichts über Widads Freunde, gestand George. Er habe die Tscherkessin zwar nach dem Tod seines Vaters regelmäßig besucht, trotzdem wisse er nichts über sie. Seiner Frau hatte er vorgeschwärmt, was für ein edler Mensch sie ist. Drei Tage nach dem Tod seines Vaters hatte er sie aufgesucht, um die Erbschaft aufzuteilen. Sie lehnte ab. "Es gehört euch, mein Sohn. Alles, was ich will, ist ein rechtschaffenes Leben führen." In einer schriftlichen Erklärung verzichtete sie auf alles, selbst auf ihren Anteil am Haus. Sie würde ihrem Mann bald folgen, und daher erübrige sich der komplizierte Vorgang der Erbschaftsübertragung.

Sie lebte noch dreißig Jahre.

Sie würde bald heimkehren. George verstand. Sie sprach davon, ihrem Mann zu folgen. Doch sie kehrte nicht heim. Sie blieb im Haus und behielt ihren Lebensstil bei. Nur eine Veränderung gab es. Sie stand aber nicht im Zusammenhang mit dem Tod ihres Mannes, denn sie ereignete sich bereits vor dessen Hinscheiden. Widad gab die Arbeit im Waisenhaus auf, als Mirna, deren Adoption ihr einziger Wunsch gewesen war, eines Tages nicht mehr unter den Mädchen weilte. Sofort rannte Widad ins Büro der Leiterin mit Namen Barbara und erkundigte sich nach Mirna. Sie sei verheiratet worden und fortgezogen, erklärte die Nonne. So sei es am besten, fügte sie hinzu, verriet Widad aber weder den Namen des Ehemannes noch den neuen Wohnort des Mädchens.

Nie wieder ging Widad ins Waisenhaus. Sie zog sich zurück und verließ das Haus nicht mehr. Drei

Jahre dauerte dieser Zustand, der ein Jahr vor Iskandars Tod begann und zwei Jahre danach endete. Dann fing sie an, ehrenamtlich im Altenheim zu arbeiten.

George Naffa' vermutete, daß sie ein Verhältnis mit Seraphim hatte. Seraphim war ein alter Apotheker, er war kinderlos und lebte mit seiner Frau allein. Als sie starb, gab er die Apotheke auf und zog in ein Einzelzimmer im Altenheim. Widad besuchte ihn in seiner Mönchszelle, wie er sein Zimmer nannte, dessen vier Wände er mit zwanzig byzantinischen Ikonen geschmückt hatte. Sie pflegte ihn, ohne Geld dafür zu nehmen. Es ging das Gerücht, daß er ihr Geliebter sei. George konnte das nicht ausschließen, traute sich aber nicht, genauer nachzufragen. Als Seraphim starb, ging Widad wie ein Mann in seinem Trauergeleit mit und hielt nachts in der Kirche Totenwache. Sie vergoß nicht eine Träne.

"Wer ist diese Frau?" wollte Maria wissen.

Wir wandelten durch die Ruinen wie durch eine wüste Landschaft. In dem weiten Trümmerfeld fühlte ich mich wie auf einem frei schwebenden Balkon.

Die Frau sei die Frau, stellte Maria fest. Widad habe ihren Namen gesucht, aber nicht gefunden. Und deshalb habe sie den Ort aufgesucht, an den sie zurückkehren mußte.

Samia kehrte nicht zurück.

"Samia geht, wohin auch immer sie geht", sagte ich zu Maria.

Als Samia am Grab meine Hand ergriff, fügte ich hinzu, daß mir jene Liebe in die Augen gestiegen sei, die ich nicht in Worte zu fassen wagte. Sie habe Faisal gesucht und auf Ali Abu Tauqs Grab gewiesen. Ali ist vielleicht Faisal, ich jedoch bin es nicht. Warum nannte sie mich Faisal? Und ich, warum reagierte ich auf den Namen eines anderen? Vielleicht, weil meine Liebe oder mein Besuch nur von kurzer Dauer war? Schwieg ich, weil ich nur zu Gast war? Oder schweigen Gäste nicht?

"Das Leben ist ein flüchtiger Besuch. Dinge sind wertlos. Nimm alles, mein Sohn. Ich will nichts!" sagte Widad zum Sohn ihres Mannes.

George küßte sie mit Tränen in den Augen und besuchte sie seit jenem Tag ein Mal in der Woche, jeden Sonnabend, für ein paar Minuten. Er erkundigte sich, ob sie einen Wunsch hätte, doch sie äußerte nie einen Wunsch. Wenn er morgens um neun Uhr bei ihr eintraf, war der Mokka bereits fertig. Er trank den Kaffee, und sie saß wie ein Schatten auf der Stuhlkante, regungslos, den Kopf gesenkt und das lange Haar mit einem blauen Schal bedeckt.

Alles blieb unverändert.

Selbst der Krieg mit seiner Grausamkeit und seinem Wirrwarr bewirkte keine Veränderung im Leben der Frau. Falsch, auf einen Schlag veränderte sich alles. Georges Haus wurde von einem 155 Millimeter Geschoß getroffen und fast völlig zerstört. Als einziger kam Iskandar Junior zu Schaden, er wurde verwundet. Widad brach mit ihren Gewohnheiten und eilte zu ihm ins Krankenhaus. Sie blieb sechs Monate an seiner Seite. Tag und Nacht wachte sie über ihn. Sie pflegte ihn wie eine Krankenschwester, unermüdlich und ohne viel Worte. Als er mit einer Lähmung aus dem Krankenhaus entlassen wurde, kehrte Widad in ihr Haus zurück und besuchte ihn kein einziges Mal. Sie fragte George nach dem Jungen, dessen Namen sie niemals aussprach. Auf ihre Frage erwartete sie keine Antwort und erhielt auch keine von George. Er nickte nur, während sie ihm den Kaffee einschenkte, trank den Mokka, ohne daß sie jemals eine Tasse mittrank.

Dann kam das Ende.

Widad erkrankte. Die Füße wurden ihr schwer, so daß sie das Bett hütete. Es geschah etwas Seltsames. Eines morgens verlor sie die Sprache. Widad, die Tscherkessin, verlernte plötzlich das Arabische, die einzige Sprache, die sie beherrschte.

Sie habe im Verlauf ihrer Krankheit, berichtete George Naffa', zwei furchtbare Schläge erlitten, den Haarausfall und den Sprachverlust.

Ihr weißes, gewelltes Haar begann auszufallen. In Büscheln rieselte es ihr auf die Schultern. Alle waren besorgt. Sie aber streifte die Haare ohne ein Anzeichen von Beunruhigung oder Angst ab und ließ sie zu Boden fallen.

Täglich schaute George Naffa' während ihrer Krankheit nach ihr. Wenn sie zur Begrüßung mit dem Kopf nickte, rieselten ihr die Haare auf die Schultern. Sie streifte sie ab und sprach weiter, als sei nichts. George machte sich darauf gefaßt, sie eines morgens mit kahlem Haupt vorzufinden, stellte aber immer wieder überrascht fest, daß sie noch Haare hatte.

Dann starb ihr die Sprache.

Sie weigerte sich, zu George zu ziehen oder ins Krankenhaus zu gehen. Auf Georges Vorschlag, sie im Altenheim unterzubringen, reagierte sie mit einem verächtlichen Blick. Sie verjagte selbst Doktor Nagib Kin'an, der ein enger Freund ihres Mannes gewesen war, mit den Worten, daß sie alleine zurecht käme.

Sie starb.

Doch vorher starb die Sprache, und sie verlor das Gedächtnis.

Als George ihr eines morgens wie gewohnt Lebensmittel und saubere Kleidung brachte, sah sie ihn verwirrt an. Sie erkannte ihn nicht. Er fragte nach ihrem Befinden, und sie antwortete in einer fremden Sprache. Er wiederholte seine Frage, und sie gab nur unverständliche Worte von sich. Sie redete in einer Sprache, von der George kein einziges Wort verstand. George machte sich große Sorgen, wußte aber nicht, was er tun sollte.

"Was ist mit dir, Mutter?"

Zum allerersten Mal nannte er sie Mutter.

George ließ Doktor Nagib kommen. Der Arzt rief einen Krankenwagen und lieferte Widad gegen ihren Willen in das G'itawi-Hospital ein. Als Widad sich aus dem Bett stehlen wollte, hielt eine Krankenschwester sie davon ab und stellte fest, daß die alte Frau Kräfte wie ein Stier hatte. Vermutlich sprach sie Türkisch.

Die Krankenschwester namens Talin war Armenierin. Sie konnte ein paar Worte Türkisch durch ihre Großmutter, die vor dem großen Pogrom an den Armeniern während des Ersten Weltkriegs aus der Türkei geflohen war. Widad, klärte Talin George auf, spreche einen türkischen Dialekt. Sie rede nur über ein Thema: ihre Kindheit. Sie spreche von ihrer Kindheit, die sie in jenem fernen Land verlebt hat, bevor sie entführt, in Beirut verkauft und Iskandar Naffa's Ehefrau wurde.

Doktor Nagib suchte sie im Krankenhaus auf und bemühte sich, die Erinnerung an die Sprache und das Leben in Beirut wachzurufen, vergebens. Dieses Phänomen, erklärte der Arzt, sei in der Geriatrie nicht ungewöhnlich. Das Gehirn blende oder lösche die Gegenwart aus und belebe die Vergangenheit. Fremdsprachen gingen verloren, und auf der Bildfläche des Gehirns zeichneten sich nur noch Kindheitserinnerungen und die Muttersprache ab.

"Nichts weiß sie mehr, als hätte sie niemals gelebt", berichtete George seiner Frau unter Tränen.

Widad hat gelebt.

Um fünf Uhr des 9. Mai 1976 machte sie sich aus dem Krankenhaus davon. In aller Frühe, als die übernächtigten Krankenschwestern kaum noch achtgaben, zog sie sich an und verließ das Krankenhaus. Sie kehrte nicht mehr zurück. Drei Tage später wurde ihre Leiche auf der Straße nach Damaskus, am Rand des Bargawi-Viertels gefunden. Sie hatte sich allein auf den Weg gemacht und war gestorben. Vielleicht trieb es sie auf die Suche nach ihrer Heimat, die plötzlich aus den Tiefen ihres Gedächtnisses aufgetaucht war. Das Gedächtnis war wiedererwacht, es tat sich vor ihr auf wie ein bodenloser Brunnen und zog sie in den Abgrund, aus dem es kein Zurück gab.

Ihr Mann, Iskandar Naffa', wußte nicht, daß sie keine Tscherkessin war und all die Jahre in dieser Stadt als Fremde ohne Gedächtnis gelebt hatte. Er glaubte, sie sei aus seiner Rippe erschaffen und gehöre ihm allein. Während seiner langen Krankheit hatte er das Gefühl, ihr Vater und Ehemann zu sein. Er war überzeugt, sie aus dem Nichts erschaffen und zu einer Dame erhoben zu haben.

Als sie das Gedächtnis verlor, gewann sie die Erinnerung wieder.

"Wo ist die Wahrheit?" wollte Emile wissen.

Was ist die Wahrheit über Widad? Die Geschichte über ihr Leben, die erzählt wird? Ihr ungelebtes Leben? Oder ist die Wahrheit weder das eine noch das andere?

Die Weiße Frau stürzte im Donner der Geschosse. Sie stürzte in Beirut, der Stadt, deren Gedächtnis zerfetzt und verstreut wurde auf Tausende von Gewehren an verfeindeten Fronten.

Menschen sind vergeßlich, sagt ein arabisches Sprichwort. Doch nein, im Vergessen steckt das Erinnern. So wirkt das Erinnern dem Vergessen entgegen. Sind Kriege dann nicht eine Übung für das Gedächtnis? Krieg, so wird behauptet, übt im Vergessen, und hätten wir das Blutvergießen in unserer Mitte nicht vergessen, würden uns die Gewissensbisse umbringen. Falsch, das Gewissen ist etwas Anderes. Es muß überdacht werden!

Widad erwachte aus ihrem langen Beiruter Schlaf und begab sich an den einzigen Ort, an dem das Gedächtnis weilt. Sie begab sich an den Kriegsschauplatz. Nicht ihr Dorf, dessen Namen weder ihr noch irgend jemand anderem bekannt war, fand sie, und auch nicht ihre Mutter und Geschwister. Sie begegnete uns, bewaffnet und blutbesudelt. Die weiße Tscherkessin ertrank in ihrem Blut, und ihre Geschichte endete wie die Geschichte in einem Buch.

Widad endete wie eine Geschichte, und mit ihr ein Gedächtnis, wirr von durcheinander geratenen Sprachen. Am Ende wandelte sie sich in eine Geschichte des Schweigens. Widad war immer schweigsam. Sie war eingehüllt in Schweigen, legte das Schweigen an wie einen auf das Gesicht gemalten weißen Maulkorb.

Ihre Geschichte erzählte ich Salman Rushdie.

"Aus dieser Geschichte könnte man einen Roman schreiben", sagte er.

"Ich weiß. Aber ich habe Angst, ihn zu schreiben", erwiderte ich.

Er fragte nicht, warum ich mich fürchte. Denn Autoren wissen, daß Schreiben eine bedingungslose Verbindung mit der Angst einfordert. Eine Seite zu schreiben, heißt eine Seite Angst auszustehen, nicht Angst um die Geschichte, sondern Angst vor ihr, Angst, von der Geschichte an den Rand gedrängt oder verschlungen zu werden, Angst, zu verblassen statt zu glänzen, Angst, zu verschwinden statt in Erscheinung zu treten, Angst, zu einem Teil der Geschichte zu werden, ohne zu wissen, wie sie verlaufen und ausgehen wird.

Ich erzählte Rushdie die Geschichte 1988 bei unserer Begegnung in London, vor dem Erscheinen seines Romans „Die Satanischen Verse". Noch war ihm das Schreiben nicht zum Verhängnis geworden, noch war ihm aus seinen Worten kein Strick gedreht worden, an dem er über einem tödlichen Abgrund hing. Eigentlich wollte ich ihm die Geschichte vom Dorfarzt erzählen, doch mir kam die Geschichte der weißen Tscherkessin über die Lippen.

"Und Sie?" erkundigte ich mich.

"Was ist mit mir?" fragte er.

"Welche Beziehung haben Sie zur Sprache?"

Er lächelte verschmitzt, als wisse er, worauf ich hinauswollte.

Welche Beziehung er zum Urdu, seiner Muttersprache, habe, fragte ich weiter. Mit sechzehn sei er nach Großbritannien emigriert, träume in beiden Sprachen, das Englische habe das Urdu aber in den Hintergrund gedrängt.

"Jetzt doch nicht mehr", sagte ich.

"Wann?" fragte er.

Man könnte, stellte ich mir vor, einen Roman über einen indischen Autor schreiben, der im Alter von sechzehn Jahren nach London emigrierte und seine Romane auf Englisch verfaßte. Eines Tages erkrankte er an dem gleichen Leiden wie Widad. Er verlernte sein Englisch, redete nur noch in seiner Muttersprache und war nicht mehr in der Lage, seine eigenen Bücher zu lesen.

"Im Gegensatz zu ihrer Heldin habe ich meine Muttersprache nicht vergessen, folglich kann ich sie mir auch nicht in Erinnerung zurückrufen. Die englische Sprache war eine bewußte Wahl." Er beschrieb mir seine Beziehung zum Englischen und sein Gefühl, diese Sprache vollkommen zu beherrschen.

"Sprache und Boden haben eine Gemeinsamkeit", stellte ich fest. "Man kann die Sprache ebenso wie das Land eines anderen Volkes beherrschen. Doch die Frage ist, wer wir sind. Ist es nicht eher die Flucht von einem Gegner zum nächsten? Sollen wir bloße Erzähler sein, und statt, daß unsere Geschichten gelesen werden, uns selbst in eine Geschichte verwandeln?"

Ich erinnere mich, wie mir Rushdie an jenem Tag das Manuskript seiner „Satanischen Verse" schenkte, und wir über seinen Roman „Scham und Schande" diskutierten. Ich äußerte meine Bedenken zur Literatur der Dritten Welt, die wegen ihres Hangs zum Bizarren unzeitgemäß wirkt und von der westlichen Welt als wirklichkeitsfremd und irrational abgetan wird.

Ich erinnere mich nicht mehr an die Einzelheiten des Gesprächs, erinnere mich aber, daß wir Wein tranken und auf den Dorfarzt zu sprechen kamen. Die Geschichte vom Dorfarzt hatte mir Maria erzählt, nachdem ich ihr die beeindruckende Passage über das Laken mit dem Loch aus Salman Rushdies Roman „Mitternachtskinder" vorgetragen hatte. Es drehte sich um einem Arzt namens Adam Aziz, der sich in eine Patientin verliebte, als er sie durch ein Loch in einem Laken behandelte. Nasim, so hieß das Mädchen, verlangte bei jedem körperlichen Leiden nach Doktor Aziz. Doch Nasims Vater, unter dessen strenger Aufsicht der Arztbesuch stattfand, ließ keine gründliche Untersuchung zu. Er hatte sich eine besondere Methode ausgedacht, um seine Tochter vor den Arzt treten zu lassen. Sie mußte sich hinter ein aufgespanntes Laken stellen, das ein Loch hatte. Durch diese Öffnung zeigte sie dem Arzt die schmerzende Stelle. Da sie viele Beschwerden hatte, schaute der Arzt häufig nach ihr, und schließlich hatte er ihren Körper vollständig kennengelernt. Doktor Adam verliebte sich in das Mädchen hinter dem Loch. Er heiratete sie und konnte endlich die leiblichen Puzzleteile als Ganzes betrachten.

Als ich Maria diese Geschichte erzählte, setzte sie die Geschichte von dem Dorfarzt entgegen. Ich hatte sie bereits von einem Verwandten aus dem Dorf al-Mansif im nördlichen Libanon gehört. Wie ich von meinem Vater erfuhr, stammen meine Vorfahren aus diesem Dorf, sind aber vor dreihundert Jahren aus unbekannten Gründen dort weggezogen. Ich glaube ihm, denn wie jeder Beiruter einen Beweis dafür braucht, daß diese Stadt nicht sein Herkunftsort, sondern seine Wahlheimat ist, muß auch ich mich auf einen dörflichen Ursprung berufen können. In Beirut lebt nicht, wer Beiruter ist, sondern wer Beiruter sein will. Dies ist ein offenes Geheimnis.

Vor mehr oder weniger sechzig Jahren lebte in al-Mansif ein Arzt namens Doktor Lutfi Barakat. Er zählte zu den ersten Graduierten der Französischen Medizinhochschule in Beirut. Sein Privatleben, seine zahlreichen Frauenbeziehungen und die Behauptung seiner Söhne, uneheliche Geschwister in etlichen Dörfern des Mont Liban zu haben, sind hier nebensächlich. Interessanter ist vielmehr seine Untersuchungsmethode bei Frauen. Zu der Zeit, so die Geschichte, war es einem Arzt unter keinen Umständen erlaubt, den Körper einer Patientin zu Gesicht zu bekommen, nicht einmal wenn sie im Sterben lag. So wollte es die Moral bei allen konfessionellen Gruppen des Mont Liban. Aus diesem Grund führte Doktor Lutfi, wenn er auf seinem Esel durch die Dörfer zog, eine nackte, weibliche Figur in seinem Koffer mit sich.

Ich bat meinen Vater, mich nach al-Mansif zu begleiten, um bei den Nachfahren des Doktor Lutfi Barakat nach der Figur zu fragen. Doch mein Vater, ein Liebhaber der Literatur, vertrat die Meinung, daß ein Literat seine Gedichte und Geschichten nicht durch Herumziehen zusammenzusuchen, sondern wie Gibran Khalil Gibran aus der eigenen Vorstellungskraft zu schöpfen habe. "Ein Schriftsteller ist kein Straßenhändler. Er kann doch nicht die Gedanken anderer Menschen stehlen und als Literatur ausgeben. Er muß sich selbst ausdenken, was seine Figuren sagen." Er sei auch nur einmal vor vierzig Jahren in al-Mansif gewesen, und mir würde ein Besuch in dem entlegenen Dorf ohnehin nicht dazu verhelfen, auf die Figur oder die Geschichte zu stoßen.

Doktor Lutfi Barakats Koffer beherbergte eine nackte, weibliche Figur und einen kurzen Bambusstab. Bei seinen Hausbesuchen stellte er zunächst die kleine Figur auf den Tisch und beruhigte seine Patientin, die wimmernd im Bett lag. Dann sollte sie ihm schildern, was ihr weh tat, wozu sie aber wegen der akuten Schmerzen nicht in der Lage war. Also bat Doktor Lutfi seine Patientin, die Augen zu öffnen. Er erklärte ihr, daß er mit dem Stab über den Körper der Figur fahren würde, und sie ihm Bescheid geben müsse, sobald er die kritische Stelle berührte. Diese Methode wirkte bei den Frauen wahre Wunder.

Die Patientin brauchte nur den Stab über die nackte Figur wandern zu sehen, als sie auch schon zu stöhnen und wimmern anfing. Sie schrie, egal an welcher Stelle der Stab die Figur berührte, was es Doktor Lutfi unmöglich machte, die Quelle des Schmerzes festzustellen. Er ließ den Stab sinken, um die Patientin zu beruhigen.

Nach der ersten Runde reichte Doktor Lutfi ihr ein Glas Wasser, das sie langsam trinken sollte. Er setzte sich auf einen Stuhl, holte seinen Tabak hervor und ließ sich viel Zeit beim Drehen und Inhalieren der Zigarette, damit seine Patientin sich wieder fing. Ihre Eltern forderte er nicht ausdrücklich auf, das Zimmer zu verlassen. Ein Blick durch den weißen Rauch genügte, damit sie hinausgingen, ohne aber die Tür zu schließen.

Erneut fuhr Doktor Lutfi mit dem Stab über die nackte Figur auf dem Tisch. Bei dieser Runde ließ er den Stab gemächlich und in aller Ruhe vom Kopf abwärts zu den Füßen wandern. Diesmal stöhnte die Patientin nur leise. Sobald er aber den Herd des Leidens berührte, schrie sie laut auf. Sie brüllte wie ein verletztes Tier, während Doktor Lutfi den Stab so fest auf die Stelle presste, daß er zwischen seinen

Fingern zitterte. Sie schrie lauter und lauter, jammerte und knirschte mit den Zähnen, als brächte sie ein Kind zur Welt. Er senkte den Stab, und die Patientin kam zur Ruhe. Sie zitterte fiebrig und brach in Schweiß aus. Er empfahl den Eltern, ihre Tochter in warme Decken zu wickeln, überreichte die Medikamente und verließ den Raum samt Figur, Stab und Koffer. Er wußte, daß seine Patientin genesen würde, sobald sie zu zittern begann und in Schweiß ausbrach. Die Medikamente verabreichte er nur, um sie in dem Glauben zu lassen, daß die Medizin ihre Genesung bewirkte. In dem Wissen, daß seine Patientin geheilt war, zog er in aller Ruhe von dannen.

Der Unterschied zwischen Doktor Aziz Adams und Doktor Lutfi Barakats Geschichte, so ging mir durch den Sinn, ist sprachlicher Natur. Doktor Adams Geschichte wird aus der Sicht und mit den Worten einer orientalischen Frau erzählt. Das erklärt, weshalb die Patientin, während sie Schutz hinter einem Laken sucht, den Arzt durch ein Loch Stück um Stück betört. Der Erzähler in Doktor Lutfis Geschichte hingegen ist ein orientalischer Mann. Bambusstab und Öffnung im Laken sind symbolische Entsprechungen. Was passiere aber, wenn beide Symbole aufeinander träfen? Was passiere, wenn Doktor Adam den Stab des Doktor Lutfi in die Hand bekäme? Wäre eine solche Geschichte denkbar? Soll eine Geschichte denkbar sein, darf nur ein Teil symbolischen Charakter haben, andernfalls wird sie, wie in der Gegenwartsliteratur der Dritten Welt oft zu beobachten, unglaubwürdig.

Ich erinnere mich nicht mehr, wie Salman Rushdie sich zu der Geschichte vom Dorfarzt äußerte. Vertieft in meine Gedanken über Sprache, Herrschaft und Emigration, sah ich ihn als möglichen Helden seiner Romane. Ich sah ihn, wie ich die weiße Widad sah. Widad jedoch, ich wiederhole, hatte sich ihr Leben nicht ausgesucht, dafür aber ihren Tod gewählt. Und wir, die wir uns scheinbar unser Leben aussuchen, können zweifellos den Zeitpunkt und die Art unseres Todes nicht wählen. Unerwartet wird der Tod uns aufsuchen und umschlingen. Doch welches ist die bessere Wahl, sich sein Leben oder seinen Tod auszusuchen?

Ich behaupte nicht, unentschieden zu sein, ich habe mich in diesem Roman schon oft zu meiner Meinung bekannt. Ich erinnere mich, Rushdie gesagt zu haben, daß seine Wahl ihn eines Tages zum möglichen Helden einer seines Romane machen würde. Ich ahnte nicht, daß ihm ein Leidensweg bevorstand, so schrecklich wie ihn kein Held jemals durchlebte. Sein Leben, das Schreiben und seine Freiheit waren gefährdet.

Rushdie schenkte mir das Manuskript seiner „Satanischen Verse". Wir verabschiedeten uns. Ich ging meiner Wege. Ein Jahr später erschien sein Roman. Was nach der Veröffentlichung geschah, ist allgemein bekannt.

Die Geschichte ist also das, was wir erzählen.

Die Geschichten liegen verstreut in den Winkeln der Erinnerung und der Phantasie. Doch wie können wir sie zusammenfügen und miteinander verbinden in einem Land, in dem alle Zusammenhänge vernichtet worden sind?

Wer sind wir schon, daß wir uns Erzähler nennen?

Weshalb wurden solche Geschichten nicht bereits früher erzählt? Weshalb gibt es in Marun Abbuds Gesamtwerk keine Geschichte wie die des Doktors Lutfi Barakat? Ich bin genausowenig ihr Erfinder wie Rushdie der der Geschichte vom Laken oder Nagib Mahfus der des Ahmad Abd al-Gawad. Die Geschichten existierten bereits, und ob Maria oder ich sie erzähle, ist unwichtig.

Weshalb haben wir unsere Geschichten nicht schon vor dem Krieg erzählt?

Sind wir dazu unfähig gewesen, trotz Marun Abbud, der als Meister des Erkennens, der Geschichte, Sprache und Erzählkunst gilt? Oder werden die Geschichten von der sichtbaren Welt überschattet und ins Reich des Vergessens gedrängt?

Ich weiß es wirklich nicht.

Doch ich kann Maria, die mich stets begleitet, versichern, daß ich die Figur beim Erzählen deutlich vor Augen habe. Eine Höhe von fünfundzwanzig Zentimetern, elfenbeinähnliche Farbe und winzige chinesische Augen. Das rechte Knie leicht gebeugt, steht sie mir seitlich zugewandt auf dem Tisch und wartet. Eben lag sie noch in Doktor Lutfi Barakats Koffer neben dem kurzen Bambusstab, und nun wartet sie, daß das Schreien und Klagen ertönt.

Ist es Maria, die an meiner Seite liegt? Oder befinde ich mich in einem langen Traum?

Damals hatten Geschichten nichts mit Geschichten gemein.

Maria habe nicht gewußt, daß dies eine Geschichte werden sollte. "Hauptsache, wir wissen es nicht", fügte sie hinzu. Ich nahm sie in den Arm, zaghaft schloß sie die Augen und tauchte ab in den Schlaf. Ich rückte noch näher an sie heran, sie entspannte sich, als hätte sie darauf gewartet, daß ich mich an sie schmiegte, ein loderndes Feuer entbrannte, und ihr weißer Körper glühte wie im Fieber.

Mir war jedoch nicht bewußt, wer in meinen Armen lag, Maria oder die weiße Tscherkessin. War sie, Maria, die Geschichte oder die Erzählerin der Geschichte? "Ist Liebe Liebesgeschichte?" fragte sie und wollte die Geschichte von mir hören.

In jener Nacht ging mir Faisals Traum durch den Kopf. Sein Traum vereinnahmte meine Gedanken, während ich durch die verwüsteten Gassen Shatilas wandelte, in denen sich die Häuser übereinander türmten als umklammerten sie sich gegenseitig. Ich stapfte durch Staub und Schlamm, suchte Samia, um nach Faisal zu fragen.

"Faisal ist tot", sagte Samia und führte mich an der Hand zu Ali Abu Tauqs Grab.

Faisal war tot. Was hatte er geträumt in jener Septembernacht 1982, als er verwundet zwischen den Leichen seiner Mutter und Geschwister dämmerte?

Er erzählte es mir im Krankenhaus, in dem ich ihn gesucht hatte. Eigentlich war ich nicht auf der Suche nach ihm gewesen, sondern nach der Geschichte und ihren Helden.

Wie soll ich ihn beschreiben?

Ein Junge von elf Jahren mit dem dunklen Teint eines Palästinensers oder eines Palästinensers unserer Vorstellung. Er hatte Ähnlichkeit mit den Jungen, die in den Straßen von Gaza und Nablus Steine werfen. Aber er war gebrochen. Kann ein elfjähriger Junge überhaupt gebrochen sein? Gewöhnlich trifft dieses Wort eher auf einen alten Mann zu, der Opfer eines schweren Unglücks wurde. Dieser Junge war gebrochen, wenn er auch nichts mit einem alten Mann gemeinsam hatte. Aus seinem dunklen, offenen Gesicht mit der ebenmäßigen Nase und der vollen Unterlippe leuchteten zwei kleine Augen. Er hatte viel zu erzählen

Er redete, und ich hörte zu, mir war, als träumte ich. Ich weiß nicht, warum mir seine Stimme so unwirklich vorkam wie in einem Traum. Träume sind stumm, die Stimmen vernimmt man erst beim Erwachen. Und wenn man sie hört, ist der Traum zu Ende.

Er schilderte, wie er sich zwischen die Leichen legte, um nicht zu sterben.

"Bewaffnete drangen ein und schossen auf uns. Die Maschinengewehre waren so laut. So viel Lärm, und die Körper brachen zusammen und fielen aufeinander. Wir lagen übereinandergestapelt. Meine Familie und ich schauten Fernsehen, als das israelische Militär Leuchtraketen abfeuerte, die Kata'ib eindrangen und auf uns schossen."

"Ihre Gesichter konnte ich nicht sehen", sagte Faisal.

An Gesichter erinnerte sich Faisal nicht, doch an die Körper erinnerte er sich. "Die Körper waren schwer", berichtete er. Er erinnerte sich an den Körper seiner jüngeren, sieben Jahre alten Schwester, schwer war er und hart wie ein Stück Holz. Viele Stunden später, vielleicht hatte er wegen seiner Schußverletzung bewußtlos dagelegen, vielleicht hatte er auch von ein Uhr nachts bis fünf Uhr früh geschlafen, flüchtete er. Er erhob sich und rannte, rannte auf die Hauptstraße, zwischen Panzern, Leichen und Gestank hindurch. Als er die ausländischen Journalisten sah, sank er zu Boden und sprach nicht mehr.

Auf diese Weise tritt die Wahrheit aus den Träumen heraus.

In seinem Traum über die Rückkehr nach Palästina sah Faisal, daß sein Land verlassen und er selbst einsam war. Als er sich zu den leblosen Körpern legte, durch die Straße voller Leichen rannte, nach Shatila zurückging, in der dreijährigen Schlacht um die Flüchtlingslager kämpfte und die Belagerung Shatilas durchlebte, bahnte er sich seinen Weg nach Palästina. Palästina kam 1987 zu ihm, als Kopfschuß und als Grab in einer Moschee.

"Ist das die Wahrheit?" fragte ich Emile Azayef.

Erzählte ich ihm Faisals Geschichte? Oder sprach ich nur davon, daß Gurgis Geschichte es verdiente, niedergeschrieben zu werden? Ich bin mir nicht sicher. Doch von Wadi' as-Sukhuns Emigration nach Palästina im Jahr 1959 erzählte ich ihm. Ich schilderte ihm, wie Iskandar Naffa's Partner Wadi' sein Hab und

Gut überstürzt verkaufte und seinem einzigen Sohn Musa folgte. Musa, im Kreis seiner Familie auch Mosche genannt, absolvierte die l'Alliance Oberschule im Wadi Abu Gamil-Viertel in Beirut und wanderte aus. Unbemerkt stahl er sich aus dem Haus, hinterließ seinem Vater einen Brief mit der Mitteilung, daß er nach Israel ausgewandert sei. An jenem Tag zerbrach Wadi' as-Sukhun innerlich. Nicht, weil er gegen die Aliya oder gegen das zionistische Projekt war. Nein, der Grund war ein anderer. Wadi' war in Beirut zu Hause. Und nun, am Ende seiner Tage, er war fast siebzig Jahre alt, sollte er ein neues Leben beginnen.

Als George Naffa' zu Wadi' ging, um ihm sein Vermögen abzukaufen, brach der Haß aus. Beide bebten haßerfüllt. Es gab keinen Platz mehr für die Liebe, sondern nur noch das Gefühl, vor Haß zu ersticken.

"Ihr", schimpfte Wadi' as-Sukhun, er nannte George nicht mehr seinen Sohn wie bisher. "Ihr wollt alles geschenkt haben."

Er wollte auf dem schnellsten Weg alles verkaufen und auswandern.

Und George wollte im Gegenzug auf dem schnellsten Weg seinen neuen Besitz antreten und Wadi's Haus verlassen. Denn er beabsichtigte nicht, Wadi's Vermögen, wie ihm vorgeworfen wurde, zum Spottpreis zu kaufen, sondern für eine angemessene Summe in Anbetracht der wirtschaftlichen Verschlechterung nach dem Bürgerkrieg von 1958. Wadi' as-Sukhun wanderte aus, und der Kontakt zu ihm brach ab. Selbst seine Tochter Rahel, die mit Kamil al-

Arnauut, einem Beiruter Muslim, verheiratet war, hörte nichts mehr von ihm. Das behauptete sie zumindest. Wadi' starb in Tel Aviv, drei Jahre nachdem er dort eingetroffen war. Seine Frau zog zu ihrem Sohn Mosche, der als Ingenieur in Haifa arbeitete.

"Er konnte es nicht ertragen, nur ein Rentner zu sein", schrieb die Mutter ihrer Tochter. Rahel erzählte niemandem, wie es ihrer Familie in Tel Aviv und später in Haifa erging. Nicht einmal ihr Mann stellte diesbezügliche Fragen.

Rahels Geschichte unterscheidet sich von Widads.

Rahel hatte keine Geschichte. Selbst ihre jüdische Herkunft war in Vergessenheit geraten, niemand erinnerte sie mehr daran. Hingegen rannte Widad, die weiße Tscherkessin, durch Beiruts Straßen, als irrte sie durch die Gassen ihrer Erinnerung. Auf dem Weg in ihre ferne Heimat starb sie an der Grenzlinie, ihre Leiche wurde erst drei Tage später entdeckt.

Was schreibe ich?

Weshalb scheint Wadi' as-Sukhuns Geschichte nebulös und ohne Ende zu sein? Das Ende ist ein einziger Widerspruch. Wadi's Problem war nicht George, der Sohn seines ehemaligen Partners und nun selbst Partner und Freund. George, so behauptete Wadi', bedeutete ihm soviel wie, nein, mehr als ein Sohn. Das eigentliche Problem war Musa, sein Sohn. Musa war auf der Suche nach dem Anfang. Mit „Erez Israel" verband er den Anfang aller Dinge, den Anfang des Lebens und der Freiheit. Den Anfang der persönlichen Freiheit, der Freiheit mit Frauen, der Freiheit von Beirut, der Freiheit von dem strengen jüdischen Elternhaus und der Freiheit von seinem Vater. Wadi' stimmte mit seinem Sohn überein, daß die „Rückkehr" notwendig sei, ebenso gab er ihm in allen anderen Punkten recht. Doch er wollte nicht auswandern, weil er sich nicht in der Lage dazu sah. Er warte, wie er seinem Sohn einmal sagte, nur noch auf den Tod.

Fremd war Wadi' der Begriff des Lebensziels, den sein Sohn ständig benutzte. "Ziel des Lebens ist zu leben. Das wichtigste ist, am Leben zu sein", erklärte er seinem Sohn.

Mosche ging fort und ließ sich in Israel nieder. Er hinterließ einen kurzen Brief und ging. Das Haus der Sukhuns war wie ausgestorben. Wadi' hatte keine Freude mehr am Leben. Er verkaufte seinen Besitz, wanderte aus und gab kein Lebenszeichen mehr von sich. George hörte nie wieder etwas von ihm. In Beirut blieb nur seine Tochter Rahel zurück, die mit einem Muslim verheiratet war.

Im Juli 1975, also sechzehn Jahre später, suchte sie George auf. Er erkannte sie auf den ersten Blick, als sei kaum Zeit vergangen. Sie kam zu ihm bei Kriegsbeginn, bevor das Haus von einem Geschoß zerstört und sein Sohn gelähmt wurde.

Rahel bat George um Geld, damit sie ihrer Tochter Andrea nach Paris folgen konnte. Sie klagte, daß sie es nicht länger aushalte, daß sie seit dem Tod ihres Mannes sehr allein sei, und daß der Krieg... George wollte nicht wissen, ob sie "dorthin" ginge. Er fragte nach Musa und ihren Eltern. Tränen stiegen ihr in die Augen, als sie den Umschlag mit dem Geld von George entgegennahm. Sie erzählte ihm, daß ihr Vater nicht mehr am Leben sei. Er habe eine halbseitige Lähmung erlitten und die Stimme verloren, die beiden letzten Jahre seines Lebens sei er stumm gewesen.

Als sie von seiner Krankheit erfuhr, sei sie nach Zypern gereist und habe von dort ihre Familie angerufen. Sie habe mit ihrer Mutter und mit Musa gesprochen. Ihr Vater habe nicht reden können. Ihm wurde der Telefonhörer ans Ohr gehalten, so vermochte er wenigstens ihre Stimme zu hören, auch wenn er nicht antworten konnte.

Wadi' as-Sukhun starb in Tel Aviv ebenso still wie er in Beirut gelebt hatte. Er war ein kleiner Mann mit dunklem Teint, rundem Gesicht und leuchtenden Augen. Er sprach nicht viel. Hatte es aber etwas zu sagen, flüsterte er. Mit seinen Freunden und Kunden verständigte er sich im Flüsterton. Er ging nah an sie heran, und sie begriffen, ohne die Worte zu verstehen.

Rahel nahm den Umschlag und dankte George leise, fast flüsternd. George verabschiedete sie mit den Worten, daß sie wie eine Tochter für ihn sei und sich immer auf ihn verlassen könne. Sie flüsterte etwas, und George verstand nur das Wort danke.

Wo ist der Fehler in dieser Geschichte?

Liegt der Fehler in dem Vergleich? Aber ich vergleiche nicht. Die Geschichten verbinden und verflechten sich, sie zeichnen die Spiegel, die das Tote Meer bedecken. An seinem Ufer standen Maria und ich, wir sahen die Geschichten in dem bleiernen Horizont verschwinden.

Ich wollte schwimmen. Wollte auf dem Wasser gehen, wagte es dieses Mal aber nicht. Ich fürchtete zu ertrinken, fürchtete mich vor den Augen der Soldaten, die an beiden Ufern des Meeres standen. Ich fürchtete mich vor dem Meer.

Fürchtete sich der Herr am Kreuz?

Weshalb legte man ihm den Schafspelz an und ließ ihn geschlachtet bei den Göttern liegen; die Götter hielten ein Festmahl, und Blut verhängte den Himmel.

Er hob das weiße Gewand auf und legte es an, er wollte als letzter sterben und als erster auferstehen. Er wollte der Erste und der Letzte sein und ward ein Wort.

Welche Worte schrie er, als er am Kreuz seinen Gott anrief?

Ich frage, und der Herr gibt keine Antwort.

Ich frage, und das Meer zwischen den beiden Salzufern zieht sich zurück, die Lichter der israelischen Siedlungen durchdringen das Bleigrau des Himmels.

Ich frage, und der Herr bettet sich auf die Körper seiner Marien, er stirbt.

Und ich, allein,

ich, du und er,

allein treten wir der Mauer haßerfüllter Augen entgegen.

Es geht um die Geschichte.

Es geht darum, daß wir unsere Geschichte in Erfahrung bringen wollen und behaupten, auf der Suche nach der Wahrheit zu sein. Sobald wir aber auf die Wahrheit stoßen, geht uns die Geschichte verloren, und wir fangen von neuem an.

Wadi' as-Sukhun hatte keine Geschichte. Er glich diesen Mangel durch Haß aus. Haß füllte seine Leere, die er ohne den Sohn seines ehemaligen Partners auf sich zukommen sah, als er ihm das Haus sowie den Büro- und Ladenanteil verkaufte. Wadi' haßte George nicht - er war überwältigt vom Haß, als er aus Beirut gerissen und an den Ort getrieben wurde, an den er zurückkehren mußte.

Was ist der Unterschied zwischen ihm und der Russin, die Albert Azayef heiratete?

Emile sagte, er sei nach New York ausgewandert, als ihm klar wurde, daß es niemals Gerechtigkeit geben würde. Weil seine Vorstellung von Gerechtigkeit unerreichbar war, flüchtete er zu einer anderen, ebenfalls unerreichbaren Gerechtigkeit in Amerika.

Er hatte während des Oktoberkriegs 1973 beziehungsweise des Yom Kipur-Kriegs, wie er ihn nannte, als Soldat beim israelischen Militär gedient. Später wurde er nach Gaza versetzt. Er entschloß sich auszuwandern, als er sah, wie ein alter Mann aus Angst, hinterrücks erschossen zu werden, rückwärts und auf allen Vieren kroch.

"Manchmal hat man keine Wahl. Man kann sich nicht aussuchen, der alte Mann oder der Soldat zu sein. Ich trug das Gewehr, und er war der alte Mann, was hätte ich tun können?"

Nach dem Militärdienst wanderte Emile nach Amerika aus. Der Amerikanische Traum, er nannte ihn die „Amerikanische Lüge", war das Ergebnis seiner Wahl zwischen zwei Wahrheiten.

Emile steht, er erklärt mir den Film.

Auf der kleinen Leinwand erscheint ein alter Mann, begleitet von einer jungen Frau im weißen Kleid und drei Kindern, einem Jungen und zwei Mädchen. Sie befinden sich im Canada Park mit seinen Grünflächen, Schaukeln und Kinderspielplätzen. Der alte Mann zeigt auf die Bäume und läuft um sie herum. Er bleibt stehen und erläutert seiner Tochter und seinen Enkeln den Ort. Die Erklärungen gelten nicht ihnen, sondern der Kamera. Er spricht in die Kamera wie zu einer Person. Er hockt sich hin und zeichnet den Grundriß seines nicht mehr existierenden Hauses auf das Gras. Bei der Küche hält er inne und erzählt von der automatischen Waschma-schine, die er drei Monate vor der Zerstörung des Hauses gekauft hatte. Er erhebt sich wieder und geht an den Ort, an dem sich der Friedhof befand. Eine grüne Wiese, die Namen sind ausgelöscht.

Nicht dieser Mann war der Anlaß für Emiles Emigration. Gaza bewog ihn, das Land zu verlassen. Vor dem Flüchtlingslager ash-Shati' wurden alle männlichen Personen zwischen vierzehn und siebzig Jahren zusammengetrieben. Er bewachte hunderte von Männern, die bereits sechs Stunden in der brü-tenden Augustsonne ausharrten, als ein alter Mann darum bat, austreten zu dürfen. Emile, ein Soldat von zwanzig Jahren, erteilte ihm die Erlaubnis. Der Mann trat aus der Reihe und bewegte sich auf eine erschüt-ternde Art fort. Aus Angst hinterrücks erschossen zu werden, kroch er rückwärts und auf allen Vieren.

Samia fragte nicht, wie Nabila erschossen wurde.

In Shatila fragte mich Samia nach Nabila und ihrer einzigen Tochter, nicht aber, wie jene getötet wurde.

Ich wollte, daß sie fragt. Ich war auf Fragen vor-bereitet und in der Lage, Auskunft zu geben, wie und wo sie erschossen wurde, und ob die Kugeln sie von vorn oder hinten durchbohrt hatten.

Nabila.

1962: Ar-Ra'i as-Salih-Oberschule in al-Ashrafiye, fünfte Oberschulklasse. Nabila Silbaq erzählte uns von Palästina. Sie schenkte mir ein Buch von Nicola ad-Darr mit dem Titel "Wie wir es verloren und zurückgewinnen werden". Ich erinnere mich nur noch an den roten Einband, und daß Nabila mir voller Stolz und Begeisterung von dem Autor erzählte, der ein Freund ihres Vaters war und bei ihnen ein- und ausging.

1988: Ich lief durch al-Ashrafiye, auf der Suche nach unserer Schule. Eine neue Autobahn verlief durch den Stadtteil und hatte die Straßenführung vollkommen verändert. Während all der Bürgerkriegsjahre war ich nicht in al-Ashrafiye gewesen und fand mich nicht mehr zurecht. Ich stieß auf Straßensperren und maskierte Milizionäre. Als ich näher heranging, erkannte ich meine Schule. Sie diente nun als Hauptquartier der Forces Libanaises.

1966: Ich war zu Gast bei Nabila in Ain ar-Rummane, einem Vorort im Osten Beiruts. Wir feierten unsere Abiturprüfung. Bei diesem Besuch, dem ersten und letzten in ihrem Haus, sah ich ihre jüngere Schwester, die mich mit ihren schönen Augen bezauberte.

1976: Die Kata'ib Milizen drangen in ihr Haus in Ain ar-Rummane ein und töteten alle Anwesenden, den Vater, die Mutter und die kleine Schwester mit den schönen Augen. Das Mädchen fand man neben dem Bett mit einer Axt erschlagen.

1986: West Beirut während der Schlacht um die Flüchtlingslager, bei der die Amal-Milizen die palästinensischen Flüchtlingslager in Beirut einzunehmen versuchten. Nabila fuhr mit einem Sammeltaxi von ihrer Arbeit bei der UNICEF, wo sie das humanitäre und medizinische Versorgungsprogramm der palästinensischen Flüchtlingslager leitete, heim ins Barbur-Viertel. Drei Milizionäre hielten das Taxi an und forderten Nabila auf, aus dem Wagen zu steigen. In dem Moment wußte sie, daß sie verloren war. Sie wußte, daß die schwarzmaskierten Gestalten ihr den Tod brachten. Beim Aussteigen stellte sich ihr einer der Männer in den Weg und richtete eine Frage an sie. Sie reagierte nicht, schaute ihn nicht einmal an. Sie sah das Taxi mit den verängstigten Fahrgästen davonrasen. Sie ging einfach weiter, und die Kalaschnikows wurden auf sie abgefeuert. Vielleicht hörte sie den ersten Schuß, bevor ihr Körper zerfetzt wurde, und Blut und Wasser auf den Bürgersteig spritzte. Die Milizionäre verließen den Ort seelenruhig, so als hätten sie nichts verbrochen. Nabila blieb auf der Straße liegen unweit von Hamadas Grillhähnchenrestaurant.

Ich berichtete Samia von der Trauerfeier in der Sankt Petrus und Paulus Kirche in al-Hamra. Ich berichtete ihr, daß keiner der Anwesenden auch nur ein Wort herausbrachte, daß zwei Miliziönäre, die wie ihre Mörder aussahen, erschienen waren und mit leerem, gelangweilten Blick in der Kirchentür herumstanden. Die Kirchenbänke ächzten leise. Stumm saßen wir da und schauten einander in die herabhängenden Gesichter. Der Priester stand am Altar und hielt eine Predigt über die Liebe. Plötzlich kam er ins Stocken, und Tränen flossen ihm über den weißen Bart. Dann sagte er zu ihr, nein, zu uns, daß seine Worte nicht an uns, sondern an die Ermordete gerichtet seien. Er bezeichnete sie nicht als Märtyrerin, sondern als Ermordete. "Und ich sage dir," fuhr er fort, "daß man dich ermordete, weil du Palästinenserin bist!" und brach wieder in Tränen aus.

"Wir hatten keine Ahnung", sagte ich zu Samia, "daß ihr im Flüchtligslager keine Trauerfeiern mehr abhieltet, weil die Toten aus Platzmangel nicht mehr einzeln beigesetzt werden konnten."

An jenem Tag begriff ich Umm Muhammad. Sie führte mich am Arm zu dem Massengrab im Flüchtlingslager, das für die Opfer des Massakers von Sabra und Shatila 1982 geschaffen worden war. Ich verstand, weshalb sie mir mit Freude erzählte, daß es ihnen geglückt sei, das Grab auszuheben und einzufrieden. Sie zeigte mir die ungewöhnlichen Blumen, die auf dem Massengrab wuchsen.

Was erzähle ich?

Ich weiß nicht, wie ich erzählen soll. Ins „Lukullus" gingen wir nicht, denn ich hatte nie zuvor von dem teuren Lokal gehört, das von der Beiruter Oberschicht besucht wurde. Maria und ich kamen zufällig an dem Gebäude vorbei und sahen ein halb zerstörtes Schild mit dem Namen des Lokals. Wir nahmen uns vor, eine Woche später einen Essenskorb ins „Lukullus" mitzunehmen und uns am Anblick der Ruinen zu betrinken. Wir taten es nicht. Wie so oft, setzten wir auch diese Idee nicht in die Tat um. Im Laufe der Zeit vermischen sich Wirklichkeit und Wunsch in meinem Kopf, und ich erinnere mich an Ungeschehenes so deutlich, als hätte es sich zugetragen.

Nabila aber hat wirklich existiert.

Ebenso Ali Abu Tauq.

Ebenso Faisal Ahmad Salim.

Ebenso die weiße Tscherkessin.

Gurgi, der Mönch stellt eine Geschichte dar.

Und hier tritt das Problem auf.

Was ich Maria über ihn erzählte, stimmt nicht. Seine Geschichte setzt sich aus vagen Vermutungen zusammen. Welche Lösung bietet solch eine Situation? Soll die Geschichte fallengelassen oder möglichst in allen wahrscheinlichen Versionen erzählt werden?

Früher wurden diese Geschichten nicht aufgenommen und dem Lauf der Zeit überlassen. Mit der Zeit entstand eine neue Fassung, die sich zu einer Legende oder zumindest zu einer Volkserzählung entwickelt. In Legenden verschmelzen Elemente des indi-viduellen und kollektiven Unbewußten. In Volkserzählungen hingegen werden diese Elemente zu Symbolen, die sich an das Unbewußte wenden, und im Laufe der Zeit werden daraus Kindergeschichten.

Heute leben wir im Zeitalter der Dokumentation. Wird also ein Ereignis im Moment seines Geschehens schriftlich festgehalten, kann es sich unmöglich zur Legende entwickeln. Aus diesem Grund schöpfen lateinamerikanische Autoren die Legenden der Gegenwart aus der mündlichen Überlieferung. Indessen sieht der italienische Schriftsteller Umberto Eco historische Dokumente als rein hypothetische Texte an, die er in die Legenden der Gegenwart einwebt. Seiner Meinung nach bleiben Texte, ungeachtet ihrer Ästhetik, hypothetische Gedankenprodukte und bieten keine literarische Antwort auf die Frage nach Erzählung oder Legende.

Im Falle des Mönchs Gurgi verhält es sich jedoch anders.

Eine kurze Meldung in der Zeitung erscheint. Der Text sagt nicht viel aus. Er berichtet nur, daß der Mann erschossen wurde. Daneben existiert noch die mündlich überlieferte Geschichte, erzählt von einer alten Frau im Flüchtlingslager al-Miya wa-Miya. Welche Entscheidung ist nun zu treffen?

Ich bin mir unsicher. Zweifellos entführte Gurgi keinen Juden am Karfreitag. Denn in den vierziger Jahren war es in Jerusalem geradezu unmöglich, einen Juden zu entführen. Doch ebendiese Behauptung verankerte Gurgi im kollektiven Gedächtnis. Seine Geschichte überlebte infolge einer Tat, die er nicht begangen hatte. Sein fiktionales Leben verdankt Gurgi der kollektiven Phantasie. Daher wäre es eine Verfälschung der Geschichte, die Passage über die Entführung des Juden zu streichen, nur um Emile Azayefs Anklage zu entgehen, obgleich es der Wahrheit zuliebe notwendig wäre. Soll ich die Ursache für die Existenz der Geschichte streichen? Die Wahrheit streichen? Die gesamte Geschichte streichen? Den Versuch, sie zu schreiben, aufgeben? Oder gar verfälschen?

Was also?

Ich weiß es nicht. Ich weiß nur aufgrund der Begegnung mit einigen Geistlichen, daß ich dieses Bild von dem Mönch gestalten darf.

Gurgi wurde nach seiner Flucht aus Mar Saba Anführer einer Bande in Galiläa. Er scharte ein paar junge Männer um sich, gründete eine Bande. Sie überfiel Schmuggelzüge und verteilte die Beute unter den Armen in Galiläa und im Südlibanon. „Die Mönchsbande", wie sie genannt wurde, war so sehr gefürchtet, daß sogar Ahmad al-Khawaga, ein führender Mann im Schmuggelgeschäft, einen Handel mit dem Mönch abschloß. Gegen die Zahlung von Schutzgeldern wurde ihm sicheres Geleit garantiert. Der Mönch und seine Männer trugen Waffen, setzten sie aber niemals ein. Mit der schwarzen Kutte und der englischen Flinte begriff Gurgi sich selbst als Christus, der die Händler mit der Peitsche aus dem Tempel jagt. Die Flinte war die Peitsche Christi, und deshalb schoß er damit höchstens in die Luft.

Die Bande existierte ein paar Jahre, bevor sie von jüdischen Siedlern aus einer „Company" in Galiläa überwältigt wurde. Sie befand sich auf dem Weg nach Nazareth, als sie plötzlich ein Kugelhagel überraschte und vier der sechs Mitglieder tötete. Nur Gurgi und 'Isa, ein junger Mann aus der Stadt as-Salt in Jordanien, überlebten. Sie flüchteten in einen Wald, in dem sie sich drei Tage versteckt hielten. Am vierten Tag machte sich 'Isa auf den Weg nach as-Salt, und Gurgi begab sich nach Jerusalem, wo er im christlichen Viertel der Altstadt ein Zimmer mietete.

Am Gründonnerstag zog der Mönch mit einem großen Kreuz auf dem Rücken durch Jerusalems Straßen und verkündete, daß er das Kreuz der Araber trage. Als er an das jüdische Viertel gelangte, wurde er mit Steinen beworfen. Drei Tage später wurde er getötet. Es hieß, er sei verrückt gewesen und Ähnliches.

Die kollektive Phantasie fügt neue Elemente hinzu, und ich nehme Streichungen vor. Da dies nicht Rechtens ist, komme ich zu dem Schluß, daß der Mönch Gurgi existierte. Er entsprach genau der Beschreibung der alten Frau aus al-Miya wa-Miya.

Ich erinnere mich nicht, Emile Azayef etwas davon erzählt zu haben. Meine Gedanken kreisten um eine Liebesgeschichte, die sich auspendelte. So ist es mit der Liebe, sie pendelt, bevor sie ausklingt. Wir glauben, sie beginnt, dabei zieht sie sich bereits in die Windungen des Gedächtnisses zurück. Was ist das für ein Gedächtnis? Es täuscht uns vor, daß die Liebe von Bestand ist, wenn sie bereits ihrem Ende entgegenschlittert und zur Erinnerung wird.

Die Geschichte nimmt jedoch eine andere Form an.

Ich fuhr nach Shatila am Montag, dem 14. März 1987, der Tag, an dem die dreijährige Belagerung Shatilas aufgehoben wurde. An der syrischen Strassensperre, die zwischen dem Flüchtlingslager und den Stellungen der Amal-Milizen errichtet worden war, wurden wir angehalten. Nachdem wir befragt und durchsucht worden waren, durften wir unseren Weg in das Flüchtlingslager fortsetzen.

Ich beabsichtigte, Ali Abu Tauqs Grab zu besuchen.

Ali Abu Tauq war mein Freund. Die Bürgerkriegsjahre verbrachten wir gemeinsam unter den niederprasselnden Geschossen, in den Schützengräben, in der Kälte und mit dem Tod. Dann trennten sich unsere Wege. Ali schloß sich als Kämpfer den Garmaq-Einheiten an, und ich wurde zu dem, was ich jetzt bin. Während der israelischen Invasion im Libanon 1982 wurde Ali mit den Fedajin auf griechischen Schiffen ins neue Exil verbannt. Nach dem Aufstand vom 6. Februar 1984 und dem Abzug der amerikanischen Marines kehrte er mit seinem kurzen Bart und seinem Stock nach Beirut zurück. Er übernahm das Kommando über Shatila. Er kehrte zurück und wurde ein Mann der Belagerung. Drei Jahre Belagerung und Tod, das Flüchtlingslager wurde durch die zerbombten Häuser immer enger, bis es nur noch ein einziger Trümmerhaufen war.

Ali starb.

Die Todesnachricht hörte ich im Radio.

Am Morgen des 14. März 1987, dem Tag, an dem die Belagerung aufgehoben wurde, fuhr ich nach Shatila. Ich wußte, daß Ali eine Frau mit dem Namen Samia liebte. Sie hieß nicht wirklich so, als Frau in Liebe gab ich ihr einen anderen Namen, denn die Liebe, so glaube ich, verändert Frauen vollkommen, selbst ihren Namen. Im Flüchtingslager angelangt, fragte ich mich durch zum Fatah-Büro. Shatilas Straßen wurden immer enger und endeten als Trümmerhaufen. Straßen existierten nicht mehr, Trümmer dienten als Wege. Eingestürzte Mauern bedeckten den Boden, in denen sich Wasserlachen sammelten. Das faule Pfützenwasser verbreitete den Gestank des Todes, der in Mark und Bein kroch. Es gab keinen

Horizont. Der Himmel senkte sich über die zerstörten Häuser, drang in die Fenster, verlor sich inmitten der Trümmer.

Auf dem Weg stützte ich mich an den Mauern, kletterte über Stein und stolperte. In der einzigen unverwüsteten Gasse des Trümmerfelds, fragte ich nach ihr. Jemand führte mich zum Fatah-Büro. Ich stieg drei Betonstufen hinauf und betrat ein halbdunkles Zimmer, in dem Frauen und Männer in Militäruniformen ermattet nach der langen Anspannung auf Stühlen und Sesseln saßen. Eine Frau brachte Kaffee herein. Der Mokka dampfte und duftete frisch. Bei dem kalten Märzwetter bildete der aufsteigende Dampf weiße Ringe unter der Zimmerdecke. Ich nahm eine Tasse mit beiden Händen vom Tablett und trank den Kaffee.

Sie betrat den Raum.

Sie kam auf mich zu, umarmte mich und drückte mir einen Kuß auf die Wangen. Sie war frisch gebadet, duftete nach Seife und das feuchte schwarze Haar hing ihr auf die Schultern herab. Sie trug einen weißen Wollpullover.

"Du bist Faisal!" sagte sie.

Ich weiß nicht, warum sie mich Faisal nannte, denn sie kannte meinen Namen.

Sie nahm mich bei der Hand und führte mich hinaus. Ich fragte nicht, wohin wir gingen, ich war überwältigt von ihrem Duft. Ihr Anmut überstrahlte das Trümmerfeld.

Sie nahm mich bei der Hand auf eine Reise durch die Gassen.

Sie fragte, ob ich sein Grab besuchen wolle.

Wir erreichten das Grab, das kein Grab war. Vor dem Fenster der zerstörten Moschee blieben wir stehen.

"Alle liegen sie hier", sagte sie und deutete auf das Gelände der Moschee. "Alle, Ali, Faisal und all die anderen."

Auf dem Gelände wucherten Gras und wilde Blumen. Samia stand neben mir, das Gefühl von Trauer überwältigte mich. Samia ergriff meine Hand, ich drehte mich zu ihr, wollte ihr sagen, daß ich sie liebe. Ich drehte mich zu ihr und umarmte sie. Mein Kopf glitt auf ihre Schulter, und ich atmete den Duft des weißen Wollpullovers ein, er roch wie ein Schaf in der Sonne.

"Das ist die Moschee", sagte sie. "Wir haben sie in einen Friedhof umgewandelt."

"Wo sind die Grabsteine?" fragte ich.

"Es gibt keine Grabsteine", erwiderte sie. "Alle liegen hier, Ali, Faisal, du und ich. Du wolltest sie doch besuchen!"

Ich verharrte vor der Moschee, nun ein Friedhof, verharrte vor dem Friedhof, nicht mehr Moschee. Ihre Hand lag in der meinen. Sie war zart, und fast entglitt sie mir. Ich drehte mich zu ihr, ihre Augen waren weit geöffnet, keine Tränen.

Sie zog mich weg, und wir setzten unseren Rundgang fort. Auf einmal standen wir uns gegenüber, ich drückte sie an die Brust, und mir war klar, daß ich ihr meine Liebe nicht offenbaren konnte.

"Als Josef sah, daß die Sonne sich verdunkelte und
der Vorhang des Tempels beim Tod des Erlösers ent-
zweiriß, ging er zu Pilatus und bat:
Gib' mir den Fremdling,
fremd wie ein Fremdling von Kindheit an,
gib' mir den Fremdling,
getötet als Fremdling,
gib' mir den Fremdling,
mich erstaunt, daß er ein Gast des Todes ist,
gib' mir den Fremdling,
von Juden neidisch aus der Welt vertrieben,
gib' mir den Fremdling,
damit ich ihn zu Grabe lege,
gib' mir den Fremdling,
denn er ist ein Fremdling,
keinen Ort hat er, den Kopf anzulehnen,
gib' mir den Fremdling,
seine Mutter erblickte ihn tot
und schrie, mein Sohn und mein Herr
gib' mir den Fremdling.

Mit diesen Worte flehte der fromme Josef Pilatus
an, er nahm den Leichnam des Erlösers, wickelte ihn
in Leinentücher mit wohlriechenden Ölen und legte
ihn in ein Grab."

Nach Shatilas Niederlage zog Samia nach Saida,
ich sah sie nie wieder.

Ich, der ich sah,
bezeuge und rufe hinaus,

ich, der ich am Ufer des Toten Meeres stehe, an dem Ort der Spiegel und Messinggesichter, dem Ort, der Erde von Erde trennt.

Ich wolle etwas erzählen, offenbarte ich Maria. Ich erzählte ihr von Samia, die fortgegangen ist, und sprach von dem Leben, das wir anlegen wie ein Leichentuch.

Ist es Maria, die an den Ausläufern des Jordantals sitzt und auf den Fremdling wartet, den ein Fremdling tötet? Oder ist sie die Geschichte?

Ist das Land mit dem Namen Palästina nur eine Geschichte, die uns mit ihren Geheimnissen und Zauberworten bannt?

Und wenn wir diese Geschichte hören, weshalb schlafen wir nicht ein, sondern sterben?

Worterklärungen

Abbud, Marun: Libanesischer Schriftsteller, lebte Anfang dieses Jahrhunderts

Abd al-Gawad, Ahmad: Held der Trilogie des ägyptischen Autors Nagib Mahfuz

al-Ashrafiye: Stadtteil im Osten Beiruts, hauptsächlich von Christen bewohnt

Asib: Berg bei Ankara

Bargawi Viertel: Ein Teil von al-Ashrafiye, das Viertel liegt an der Grünen Linie

Company: So wurden die Siedlungen der jüdischen Einwanderer in Galiläa in den 40er Jahren genannt

Darwish, Mahmud: Palästinensischer Dichter „Waffenstillstand mit den Mongolen" heißt eines seiner Gedichte aus dem Band „Ich sehe, was ich möchte"

Forces Libanaises: Rechtsextreme christliche Miliz im Libanon

Genet, Jean: Aus Jean Jenets Reportage Four Hours in Shatila, erschienen in der Zeitschrift „Revue d'Etude Palestinienne" in Paris

Grand Liban: 1920 wird das Staatsgebiet des Mont Liban von der französischen Mandatsmacht durch Angliederung der Küstenstädte zum Grand Liban, dem Gebiet des Libanon in seinen heutigen Grenzen, erweitert

Halasa, Ghaleb: Jordanischer Schriftsteller, starb Ende der 80er Jahre in Damaskus. „Sultana" heißt einer seiner Romane

al-Huseini, Hadj Amin: Mufti von Jerusalem von 1921-1948, führende Person in der Widerstandsbewegung gegen die britische Mandatsmacht und die jüdische Besiedlung in Palästina

131

Imru' al-Qais: Vorislamischer Dichter (500-540)

al-Kata'ib: Falangisten; rechtsgetreue christliche Partei im Libanon

Naffa', Fuad Gabriele: Libanesischer Dichter (1925-1983)

al-Qawuqgi, Fauzi: Libanesischer Kommandant in der Befreiungsarmee im arabisch-israelischen Krieg 1948

Tarbusch: Kopfbedeckung für Männer aus rotem Filz mit einer schwarzen Quaste. Stammt aus der osmanischen Zeit und wurde bis in die vierziger Jahre getragen